BOSS PERICOLOSO

FRATELLI BRATVA – VOLUME CINQUE

WILLOW FOX

SLOWBURN
PUBLISHING

Boss Pericoloso

Fratelli Bratva – Volume Cinque

Willow Fox

Pubblicato da Slow Burn Publishing

© 2022

v3

Tradotto da davide_angelino

Corretto da francesca_da_re

Cover Design by MiblArt

UNO
SADIE

BANG! Un colpo di pistola rimbomba nella foresta. È in lontananza. Gli alberi si affacciano in alto, mentre la luce del sole viene bloccata dal fitto fogliame.

Dovrei correre nella direzione opposta e stare il più lontano possibile dalla situazione di pericolo che si presenta davanti a me, ma c'è solo un sentiero, e tornare indietro significa camminare per altre dieci miglia.

Sono quasi tornata alla macchina. Ancora due miglia.

Mia sorella mi ha sempre detto di non fare escursioni da sola. Mi aveva avvertito che nei boschi possono esserci uomini pericolosi propensi a rapire donne, coinvolti nel traffico di esseri umani.

Mai fare escursioni da sola.

È sempre stata un po' iperprotettiva. Non la biasimo per le sue paure. Ha avuto una brutta esperienza all'università, e in seguito ha abbandonato gli studi ed è tornata a casa, da mamma e papà. Tuttavia, non ci assomigliamo affatto.

Un secondo sparo risuona, non proprio in successione. Come se ci fosse stata una lotta. Riesco a immaginare almeno una dozzina di diversi scenari.

Le gomme stridono, la polvere si solleva e il veicolo si allontana rapidamente.

Mi allontano dal sentiero battuto per dirigermi verso il punto in cui sono esplosi gli spari qualche istante prima. Il veicolo è sparito. Anche il pericolo, quindi, non dovrebbe più essere imminente.

Non conosco il punto esatto. Gli alberi sembrano tutti uguali. Non so cosa stia cercando quando mi imbatto sul suo corpo, caldo e senza vita, inciampando su di lui.

La sua carnagione è pallida e del sangue gli cola dalla fronte. Ha una ferita d'arma da fuoco fresca alla tempia. Chiunque gli abbia sparato, deve averlo dato per morto.

Mi inginocchio e cerco di sentire il battito sul polso. È debole, e sudore misto a sangue gli imperla la fronte.

Prendendo il cellulare dalla tasca, compongo il numero 9-1-1 e fornisco la mia posizione nel modo più preciso possibile, insieme a ciò che so, che non è molto.

«Fate presto» dico.

L'operatore del 911 non mi fa riagganciare. Mi tiene in linea. «Respira?» chiede.

Mi chino e sento un respiro leggero esalare dai suoi polmoni. «A malapena» rispondo. «Il polso è molto lento.»

«I soccorsi sono già per strada. Dovrebbero arrivare presto.»

Metto il telefono in vivavoce e cerco nelle tasche del moribondo un documento d'identità. Non ha il portafoglio. Niente chiavi. Niente telefono.

Qualcuno lo ha portato qui per ucciderlo e gettare il suo corpo?

I tatuaggi coprono le braccia. La barba è folta, dello stesso colore dei capelli. Ha una certa rudezza, anche da svenuto, che riecheggia.

«Chi sei?» sussurro.

Non risponde.

I soccorritori arrivano e quando finalmente ci trovano nella foresta, fuori dal sentiero battuto, non sono sicura che il bello sconosciuto sia ancora vivo. Mi sforzo di provare il polso. È debole, ma il battito c'è...

Dovrei allontanarmi, tornare alla mia auto e non pensare più a lui. Sarebbe una scelta saggia. Qualcuno lo vuole morto. Se dovesse sopravvivere, scombinerebbe i loro piani.

———

Riesco a ottenere il nome dell'ospedale dai paramedici e torno di corsa alla mia auto. Lo seguo o vado a casa a cambiarmi?

Allie trascorrerà il mese al campo estivo come aiutante e animatrice con le sue amiche, il che mi dà almeno il tempo di svelare il disastro che è appena successo.

Seguo l'ambulanza fino all'ospedale, non che mi sia permesso di entrare attraverso l'entrata per ambulanze o le doppie porte. Do le informazioni che ho al banco dell'accettazione e mi dicono di attendere in sala d'attesa. Dovrei andare a casa a farmi una doccia. Ho del sangue incrostato sui miei jeans e macchie sulla camicia. Almeno, non è il mio sangue.

Due agenti di polizia parlano con l'addetto alla reception prima di indicarmi. Stringo le labbra e inspiro bruscamente al loro avvicinarsi.

«Signora, lei era sul luogo della sparatoria?» chiede l'agente.

Mi alzo in piedi, per mettermi al loro livello o più vicina mentre rispondo alle domande. «Ho sentito degli spari» ammetto. Non mi sento a mio agio nel divulgare altro. Non so cosa sia successo e non ho intenzione di immischiarmi in una faida tra ladri e uomini pericolosi. Lui è pericoloso. Lo percepisco e avrei dovuto fuggire a casa mia alla prima occasione, dopo aver chiamato il 911. Non sono un mostro, però. Non avrei lasciato morire un uomo come quello nel veicolo. Posso solo supporre che si trattasse di un uomo, a meno che non fosse una lite tra amanti sfociata in un tentato omicidio.

«Ha visto qualcosa?» chiede l'agente, tirando fuori il suo taccuino e una penna per documentare il mio racconto.

«No.»

«Conosce il nome del signore a cui hanno sparato?»

Scuoto la testa. «No. Non l'ho mai visto prima di oggi.»

«Quanti spari ha sentito?» chiede l'agente.

«Due» rispondo, e i due agenti si scambiano un'occhiata silenziosa. Solo uno ha parlato per tutto il tempo. L'altro sembra più giovane, come se fosse una recluta in addestramento.

«E non ha visto altre vittime o il colpevole?»

«Cosa? No.» *Avevano sparato a qualcun altro? Che sia stato l'autista a lasciare morire quell'uomo?*

«E un veicolo?» chiede l'agente. Sfiora la punta della penna sul suo taccuino.

«Un SUV nero. Era buio e lontano. Poteva anche essere color blu navy» racconto, non riuscendo a ricordare bene. Le gomme stridevano e il veicolo è partito in fretta, tutto qui.

Lui annota tutto e mi porge il suo biglietto da visita. «Se le viene in mente qualcos'altro...»

I due agenti tornano alla reception, dicono qualcosa alla donna, poi le doppie porte si aprono e vengono fatti accedere al retro. Hanno intenzione di interrogare lo sconosciuto nella foresta? Dubito che sia in grado di dire molto, date le sue condizioni.

Mi siedo di nuovo sulle sedie graffianti e imbottite della sala d'attesa dell'ospedale. C'è un televisore acceso; l'audio è disattivato, ma le didascalie sono attive. Riesco a malapena a mettere insieme due parole sullo schermo. La mia mente è annebbiata.

Un'ora dopo, o forse due ore – perché il tempo sembra scorrere in un unico flusso – un medico esce da dietro le doppie porte. «È qui per il signore Ignoto? A lui ci riferiamo come John Doe, al momento» mi chiede, lanciandomi un'occhiata.

Il sangue sui miei vestiti è un buon indicatore della risposta. «Sì» rispondo.

Il medico si avvicina e io inspiro bruscamente. *Che si tratti di cattive notizie? Mi dirà che non ce l'ha fatta?*

«Siamo riusciti a rimuovere il proiettile, ma dato il gonfiore al cervello e la febbre, abbiamo indotto il coma. Continueremo a monitorare i suoi parametri vitali e l'attività cerebrale. Non è ancora fuori pericolo» il medico fa una smorfia, alla sua osservazione. «Posso suggerirle di andare a casa a farsi una doccia, se ha intenzione di restare? Non sapremo nulla per un bel po' di tempo.»

«Grazie» rispondo.

Seguo il suo consiglio. Una volta sparito, attraverso le doppie porte, esco dall'ospedale e scendo verso la mia auto nel parcheggio.

Perché sono venuta qui? Cosa speravo di fare? Non posso cambiare quello che è successo.

Ho una botta di ansia che mi scorre e rifluisce in me. Non riesco a stare ferma e l'escursione non sembra esser riuscita a stancarmi, per niente. Deve essere tutta l'adrenalina in più.

Attraverso la città, torno a casa, mi spoglio e faccio la doccia. Il sangue scivola nello scarico. Sono sollevata che non sia mio, ma continuo a vedere la sua faccia, il sangue che si accumula intorno alla sua testa. Il rumore degli pneumatici che stridono rieccheggia nella mia mente. Qualcuno lo voleva morto. *Ma chi? E perché?* Dovrei stare lontana dall'ospedale, da *lui*, ma non posso fare a meno di essere estremamente curiosa.

Non aiuta il fatto che mia figlia, Allie, sia via per le prossime settimane. Su sua richiesta, l'ho mandata al campo estivo come aiutante. Tutti i suoi amici lo avrebbero fatto quest'anno, e lei voleva unirsi a loro e salire sul treno dei volontari e seguirli. Sinceramente, non mi dispiace. Le fa bene uscire dall'appartamento per l'estate. A tredici anni è troppo giovane per un lavoro, a parte l'occasionale lavoro di babysitter che riceve dalla donna con un bambino in fondo al corridoio del nostro palazzo.

Mi bagno sotto lo il getto della doccia, lasciando che il fetore e le prove di ciò in cui sono stata coinvolta scompaiano insieme a qualsiasi paura persistente.

Amo i drammi polizieschi. Amo i film pieni di suspense. Questo è il mistero per eccellenza; non posso stare a guardare in disparte. Voglio delle risposte. E non le avrò in casa mia.

Dopo la doccia ed essermi vestita, mangio un boccone veloce prima di tornare in ospedale. Ho il pomeriggio libero e, sebbene abbia alcune commissioni da sbrigare e la casa da riordinare, nulla di tutto ciò sembra importante nel grande schema delle cose.

Oggi un uomo ha rischiato di morire. Ci sono stati due colpi di pistola. *C'è stata una lotta dopo il primo sparo? Potrebbe essere questo il motivo del ritardo tra i colpi? Oppure avevano sparato anche a qualcun altro?* La polizia sapeva qualcosa, ma non ne ha parlato.

Cosa diavolo è successo là fuori nella foresta?

———

Faccio una doccia, mi vesto e torno in ospedale. Raggiungo la sua stanza e rimango in piedi nel corridoio, scrutando all'interno. Non ci sono fiori. Non ci sono ospiti o visitatori al suo capezzale. Le tende della finestra sono aperte e diffondono una calda luce ambrata nella stanza. Le forti luci fluorescenti sono spente. Non indossa più il vestito incrostato di sangue sul colletto. I suoi occhi sono chiusi. È immobile, addormentato in un camice d'ospedale verde pallido, con una coperta bianca che lo copre appena sopra la vita. Le braccia sono lunghe ai suoi fianchi. Al di fuori della coperta, un braccio è collegato a una flebo. Entrambi sono ricoperti di tatuaggi, decine dei quali con disegni intricati. Sotto il camice d'ospedale sono infilati dei fili colorati che spuntano dalle maniche e dalla parte superiore del camice, collegati a un monitor. Stanno monitorando la frequenza cardiaca e i parametri vitali.

È silenzioso, immobile. Dorme. Il braccialetto dell'ospedale sul polso sinistro indica che si tratta di *John Doe*.

Il mio telefono squilla e prendo il cellulare dalla borsa. Un sorriso mi fa trapelare in volto che è Allie ad avermi mandato un messaggio. Non dovrebbe essere impegnata in attività manuali o acquatiche per i bambini del campo?

Mamma, va tutto bene? Perché sei in ospedale?

Mi mordo il labbro inferiore tra i denti. Sul mio telefono ho un'applicazione che mi permette di vedere dove si trova mia figlia. L'abbiamo impostata in modo che sia reciproco, e dunque anche lei può vedere dove mi trovo.

Sì, sono solo andata a trovare un'amica. Come va il campeggio?, le rispondo con un messaggio.

Quale amica?

Evita di rispondere alla mia domanda.

Te ne parlo quando torni a casa. Sarebbe troppo lungo da scrivere per messaggio e non voglio farla preoccupare. E poi, cosa dovrei dire esattamente, che sono incappata in un bell'uomo assassinato e abbandonato a sé stesso?

Sospiro, non volendo ammettere, nemmeno a me stessa, che lui è... bello. Perché non sono disposta a farlo. Ho evitato di avere relazioni serie con un uomo da quando è nata Allie. Il pensiero di farle conoscere un uomo mi fa venire il voltastomaco e non voglio che si affezioni e abbia il cuore spezzato se non dovesse funzionare.

Allie è ed è sempre stata la mia priorità. Voglio che sia felice, prima di ogni altra cosa. E anche se ora è più grande e non è più così presente, soprattutto quest'estate, buttarmi in un'avventura estiva mi sembra una cattiva idea.

Un'infermiera entra nella stanza e gli controlla i parametri vitali. «Lei è una familiare?» chiede, lanciandomi un'occhiata. I suoi occhi sono pieni di speranza.

Prendo tempo. Se dicessi di no, probabilmente non mi farebbero restare. E poi perché mai dovrei essere qui?

Il mio silenzio è una risposta sufficiente.

Sospira dolcemente e batte sulla tastiera, registrando i parametri vitali. «È bello che almeno abbia qualcuno» dice l'infermiera, offrendo un debole sorriso.

Distolgo lo sguardo e guardo il signore che giace a letto, addormentato. Le sue braccia sono coperte di inchiostro, e in cima, a fare capolino da dietro il camice, c'è un tatuaggio a forma di stella. È distinto. Audace. Indimenticabile.

Ho già visto quella stella. L'immagine brucia nella mia memoria. Deve essere una coincidenza.

· · ·

«*Ti prego, zia Sadie*» implora Olivia, spingendo il VR per la realtà virtuale nelle mie mani.

«*Preferisco guardarti giocare.*»

«*È noioso*» Allie sgrana gli occhi. «*Nessuno vuole guardare qualcun altro che gioca a un videogioco.*»

Allie non ha torto, ma io sono una frana con i videogiochi. Erano anni che non mi sedevo con una Nintendo davanti a un televisore. Questa console mi è completamente estranea. Prendo il VR bianco e me lo metto in testa. Olivia si avvicina da dietro, stringendo e regolando le cinghie per farle aderire al meglio.

«*Va bene così?*» chiede.

La cuffia non oscilla più su e giù. È sicura. «*Sì. Cosa dovrei fare?*» chiedo.

Lei mi mette in mano i controller. «*Clicca sulla scatola di Orc Hunter.*»

Orc Hunter è il suo gioco preferito. Sparare a orchi, draghi e altre creature mitiche con arco e frecce. Olivia è riuscita a convincere Allie a giocare il più spesso possibile con lei quando sono insieme.

«*Mamma, possiamo avere anche noi una cuffia? Sarebbe così divertente giocare con Olivia quando non siamo insieme» dice Allie.*

Sapevo che non mi lasciava giocare solo perché stare a guardare è noioso. Le ragazze hanno sempre qualche piano da architettare. Già da bambine avevano cercato di farmi incontrare il mio vicino di casa. Era il maschio più vicino che fosse single. L'unica cosa che avevamo in comune era che a entrambi piaceva uscire con gli uomini.

Clicco sulla casella di Orc Hunter e aspetto che il gioco si carichi. «Sei sicuro di non voler giocare?» chiedo, cercando di dare in pegno le cuffie a Olivia o a Allie.

Olivia ridacchia ma non si tira indietro. «No, è tutto tuo. Possiamo collegarlo anche al mio telefono, così posso vedere cosa fai quando giochi.»

«Fantastico» mormoro sottovoce. Le ragazze potranno prendermi in giro.

«Clicca su Multi-Player» mi dice Olivia mentre guarda dal suo telefono.

«Davvero?» non ho nemmeno imparato a giocare e lei mi mette in mezzo ad altre persone.

«Prima o poi dovrai imparare» ridacchia Allie.

«Scegli una stanza aperta» dice Olivia. È da un po' che gioca a Orc Hunter.

Ci sono quattro partite aperte e mi butto in una all'ondata 34. È l'onda più bassa che vedo, che immagino quindi essere di livello basso.

Mi butto nel gioco e ci vogliono un paio di minuti per prendere confidenza con l'arco e le frecce. Il controller vibra leggermente per la tensione quando tiro indietro l'arco. Prendo la mira e sparo, mancando completamente il bersaglio.

Gli orchi si avvicinano al cancello in vari colori, dall'arancione brillante, come i Cheetos, ai goblin grigi dall'elmo appuntito.

«Ehi, Olivia» dice una giovane voce femminile attraverso le cuffie.

«Pronto?» non mi ero accorta che ci fosse un microfono e che gli altri giocatori potevano sentirmi!

«Sta giocando mia zia» grida Olivia lì vicino. È abbastanza lontana per evitare di urtarla, dato che non riesco a vedere nulla al di fuori delle cuffie, ma abbastanza forte perché gli altri giocatori possano sentire.

Sparo a un orco nel petto. «Perché non è morto?» l'orco solleva l'ascia che ha in mano e me la lancia in testa.

«Abbassati!» grida Olivia.

Ma è troppo tardi. Faccio una smorfia e trasalisco quando uno schermo rosso mi avverte che sono fuori combattimento.

«Va tutto bene. Tornerai nella prossima ondata» mi incoraggia Olivia mentre rimango lì a fissare il tabellone.

Faccio schifo, ma poteva andare peggio per essere la prima volta che gioco. E non voglio ammettere che anche solo giocare per qualche secondo è stato molto divertente.

Un altro giocatore salta nella casella dove mi trovo e mi colpisce con una freccia. «Sei tornata» mi dice. Ha un forte accento russo e dal suo tono si capisce che non è un bambino.

«Cosa?» sono momentaneamente stordita, incerta su cosa fare.

«Spara agli orchi» mi ordina. Il suo nome utente appare in piccole lettere arancioni quando parla: Bearded Bad Boy, ragazzaccio barbuto.

Dentro di me, gemo. È ovvio che quello sia il suo nome utente. Ma "ragazzo" non descrive bene la voce che sento. Dovrebbe essere "uomo". Uomo barbuto e cattivo. No, non ha lo stesso suono.

«*Ci penso io*» *mi volto verso il cancello dove gli orchi si stanno avvicinando e tendo il mio arco, sparando un colpo dopo l'altro. La mia mira non è migliorata molto, ma almeno mi abbasso per evitare l'ascia successiva che mi viene lanciata in testa.*

«*Sei una che impara in fretta*» *dice il ragazzo barbuto della baia.*

Ho una mezza idea di chiedergli cosa lo rende un ragazzo così cattivo, ma Olivia è nella stanza e non voglio che la nostra breve conversazione diventi sporca.

Dio, è passato troppo tempo dall'ultima volta che ho parlato con un uomo, per non parlare di quando sono andata a letto con uno di loro. I miei pensieri sono troppo impuri. Forse distogliere la mia mente dal suono della voce di un uomo sexy e concentrarmi sull'uccisione di creature mitiche mi aiuterà.

Mentre massacriamo tutti gli orchi, l'ondata termina e venti secondi dopo inizia quella successiva, che appare sullo schermo: l'ondata 35. Non c'è molto tempo per fare una pausa.

«*Merda*» *impreco, alzando lo sguardo mentre diversi draghi verdi volano nel cielo. Il russo e la ragazza più giovane, che sembra conoscere Olivia, li abbattono. Tiro* un sospiro di sollievo mentre sparo agli orchi in arrivo che attraversano il ponte.

Ogni livello diventa sempre più complesso e intenso.

«Non sei male per essere un novellino» dice il russo.

«È la mia prima volta» dico ridendo. Almeno non mi chiedono di andarmene per permettere a un altro giocatore di entrare e giocare. Non mi dispiacerebbe se lo facessero. Faccio proprio schifo.

Il gioco è veloce, ma non resistiamo a lungo perché un gigantesco drago rosso spara sugli altri giocatori, lasciando a me il compito di salvare il cancello. E fallisco in modo epico.

«Bella partita» dice il russo. Schiaccio il pulsante per uscire e tolgo le cuffie, con il sangue che mi ribolle.

«Tua madre sa che giochi a questo gioco con uomini adulti?» non riesco a pensare che mia sorella non abbia idea di cosa faccia sua figlia online.

Olivia ridacchia e mi prende in fretta le cuffie e i controller. «Non c'è problema. Non è che ci stiamo scambiando dei nudi. Non fare come la nonna.»

«Cioè essere premurosa?»

«*Controllante e iperprotettiva*» dice Olivia. «*So che non devo dare il mio indirizzo a un uomo adulto su Internet. Rilassati, va bene.*»

«*Non va bene. Non sai con chi stai conversando in quel gioco!*» come può essere così disinvolta, come se non fosse un problema?

«*Certo che lo so. Gioco sempre.*»

«*Bene, allora chi è il russo che stava giocando? È un uomo adulto.*»

«*È sempre connesso. Di solito fa solo un'onda e poi se ne va. Deve essergli piaciuto che tu abbia continuato a giocare finché la città non è stata distrutta.*»

Ignoro l'osservazione di Olivia. Sta cercando di smussare la situazione perché sa che sua madre non prenderà bene la notizia.

«*Dammi il visore*» dico, tendendo la mano per prendere l'apparecchio.

«*Bene*» brontola lei, e me lo spinge tra le mani. Assicuro il dispositivo e lo accendo, usando i controller per navigare nel menu principale. Deve esserci un'impostazione per bloccare un giocatore. Trovo la schermata di input dove posso visualizzare e invitare altre persone.

Il suo nome utente non è difficile da ricordare. Digito "Bearded Bad Boy" e subito appare un'immagine. Dove dovrebbe esserci una foto del profilo, c'è invece il tatuaggio di una stella. È dettagliato e intricato e davvero impressionante se l'ha disegnato lui stesso. Ma dubito che l'abbia fatto. Non me ne intendo molto di tatuaggi, ma scommetto che quello non è l'unico tatuaggio di Bearded Bad Boy, e non voglio assolutamente che la mia innocente nipotina scopra altri tatuaggi sul suo corpo.

Il profilo è notevolmente vuoto. Non c'è un nome, né una descrizione: solo il primo piano di un tatuaggio e l'opzione per aggiungerlo come amico. No, non succederà.

«Allora?» interviene Olivia, aspettando che io dica qualcosa.

«Dovrei bloccarlo» dico.

«Cosa? Perché? Non ha mai detto o fatto nulla di inappropriato. Stai esagerando, zia Sadie.»

Scelgo di non bloccarlo. Non ha detto o fatto nulla mentre ero online. Non che voglia dire a Olivia che ha ragione. Esco dalla schermata del profilo e spengo il gioco prima di togliere il visore. «Le tredicenni e gli uomini adulti non vanno d'accordo. Uomini come Bearded Bad Boy non si mettono alla console solo per giocare.»

«*Sì, invece. Te lo dimostrerò. Compra una seconda console e potrai giocare ogni sera quando sono online. Vedrai che nessuno mi molesta o fa del male. È uno spazio sicuro.*»

Esalo un respiro pesante. «*Che ne dici di niente videogiochi finché sei a casa mia?*»

«*Mamma, sei così cattiva.*»

«*Ma sarò qui per un mese*» *piagnucola Olivia.* «*Sarà una tortura! Ho degli amici online con cui chatto e usciamo insieme*» *i suoi occhi si allargano e iniziano a lacrimare.*

Ho visto la differenza tra le lacrime vere e quelle finalizzate a ottenere qualcosa. Queste sono lacrime vere, il che rende tutto molto più difficile.

«*So che ti sembra sciocco e stupido, zia Sadie, ma il gioco mi dà qualcosa da fare. Ed è un esercizio fisico. Non puoi dirmi che non ti abbia stancata Orc Hunter.*»

Il braccio mi fa un po' male e scommetto che domani le gambe saranno indolenzite per tutti gli squat che ho fatto per evitare che mi tirassero un'ascia in testa. «*Vi guarderò giocare e controllerò i vostri telefoni*» *dico.*

«*Va bene, ma quando dormo puoi prendere in prestito il mio VR*» *dice Olivia con un sorriso, lanciando un'occhiata a Allie.*

«*Non è necessario.*»

Un sorriso illumina il volto di Olivia. «*Qualche ora di gioco a Orc Hunter questa settimana e sarai dipendente.*»

«*Forse dovremmo trovare qualche altra attività da fare all'aperto*» *propongo.*

«*Mamma*» *piagnucola Allie.* «*Ti assicuro che fa bene allo spirito!*»

«*Giocare ai videogiochi?*»

«*Esercizio fisico, stimolazione mentale, conoscere nuove persone. Dici sempre che dovrei farmi nuovi amici*» *dice Allie.* «*È quello che sto facendo, con l'aiuto di Olivia.*»

Brontolo sottovoce: «*Niente più chiacchiere con uomini adulti*».

———

Affondo le dita nel bracciolo della sedia dell'ospedale, fissando il tatuaggio che fa capolino dal camice sul suo petto. Probabilmente è una coincidenza che abbia lo stesso tatuaggio della stella. Ne aveva parlato una volta, quando gli avevo chiesto della foto del profilo online.

. . .

«Mi stai stalkerando?» mi chiede mentre lo raggiungo nel gioco VR Orc Hunter.

Rido sottovoce. «Non so nemmeno dove abiti. Quindi, no. Non posso stalkerarti.»

«Giusto» ridacchia e giuro che mi sembra stia sorridendo. Ma non riesco a vederlo, solo il suo avatar nel gioco, e non è nemmeno abbastanza vicino. È di fronte a me, a guardia della torre opposta, dall'altra parte della città, mentre spariamo agli orchi. «Non è mattina presto, dove ti trovi ora?»

«Lo è» rispondo. Il sole è appena sorto e mia nipote e mia figlia dormono. Non si sveglieranno prima delle dieci, se non più tardi. Il che mi dà un paio d'ore di tempo per vedere cos'è tutto questo entusiasmo per i suoi giochi in realtà virtuale.

Non dico allo sconosciuto dove vivo o in quale fuso orario mi trovo. Meno cose sa, meglio è. L'ultima cosa che voglio è dargli informazioni su mia nipote.

«E tu?» chiedo. «Sei in Russia?» ci sono tre server; quello a cui mi sono collegata è negli Stati Uniti. Ma chiunque può collegarsi a qualsiasi server.

«Non si fa niente per niente...»

«Non ti mando nessuna...»

Sbuffa e si schiarisce la gola. «Non te lo stavo chiedendo, davvero. Intendevo dimmi da dove vieni e ti dirò dove vivo.»

Il suo accento è denso, pesante, e senza dubbio viene dalla Russia, anche se si è trasferito fuori dal Paese e risiede altrove.

«L'ho chiesto prima io» dico. È come se fossimo in terza elementare e sgrano gli occhi, rendendomi conto di quanto sia ridicola questa conversazione tra due adulti. Mi concentro sui draghi, sparando prima a loro e poi agli orchi, schivando quando mi tirano asce in testa.

Il «ragazzaccio barbuto» è abile nell'evitare l'attacco dell'ascia. Salta da una piattaforma all'altra per evitare di essere massacrato.

«Come ti metti in mostra» mormoro.

«Invidiosa» c'è ironia nel suo tono, come se si divertisse a prendermi in giro.

«No, non passo mica tutto il giorno a giocare, io.»

«Nemmeno io» risponde lui. «È solo un hobby» dice, anche se non sembra molto convinto.

«*Chattare con le ragazzine è un hobby?*»

«*Non so a che gioco tu stia giocando, ma posso assicurarti che il mio interesse non è minimamente rivolto alle adolescenti, o ai ragazzini, se è per questo.*»

Dovrei sentirmi sollevata, ma nel suo tono c'è rabbia. Un tono deciso, come se lo avessi offeso e volesse ribaltare tutto. «*E tu che mi dici? Ti diverti a fare accuse infondate? Sembri un federale o un poliziotto infame.*»

«*Non sono nessuna delle due cose*» *dico.* «*Hai qualcosa contro le figure autoritarie?*»

«*Non finché sono io a comandare*» *emana una vibrazione alfa, come se fosse sempre solito comandare lui.*

Il silenzio si abbatte su di noi; l'unico suono che riecheggia nelle cuffie è quello dell'uccisione degli orchi e del nemico, un colpo dopo l'altro.

È bravo. Un po' troppo bravo, a mio parere, ma non sono una giocatrice abituale. Diavolo, questa non è nemmeno la mia console. Sto giocando nel gioco di Olivia con il suo nome utente. Non che le importi, basta che la batteria sia carica quando si sveglia.

Forse dovrei imporre delle regole alle ragazze finché Olivia è qui. Non si gioca prima di mezzogiorno.

. . .

L'uomo in coma potrebbe essere russo. Ma potrebbe anche essere di qualsiasi nazionalità. La gran quantità di tatuaggi dovrebbe aiutare l'ospedale a restringere il campo sulla sua identità.

La benda sulla fronte copre le cicatrici mentre giace completamente immobile, senza muoversi se non per l'alzarsi e l'abbassarsi del petto. Mi siedo al suo capezzale, aspettando che qualcuno si presenti, lo riconosca e si sieda con lui. Allungo la mano sul suo braccio.

La sua pelle è fredda al tatto. Tiro su la coperta, per tenerlo al caldo. «Resisti» sussurro. Chiunque sia, non merita di morire o di essere dato per morto.

Guardo il mio telefono. Potrei mandare un messaggio a mia nipote e chiederle di farmi sapere se il Bearded Bad Boy è online, non che abbia importanza. Cosa potrei dire a una tredicenne? Ho assistito alla quasi morte di un uomo e ho riconosciuto che ha lo stesso tatuaggio di un giocatore online. Sembrerei pazza.

Bearded Bad Boy non mi ha mai detto di dove sia.

DUE

DMITRI

SEI SETTIMANE DOPO

LA TESTA mi fa davvero male, cazzo. Non sto parlando di un leggero mal di testa che richiede giusto un paio di pillole per attenuarsi. Il dolore è immenso, come se qualcuno mi avesse messo un martello pneumatico in testa e poi avesse deciso di trapanarmi il cranio.

L'odore di antisettico pervade per primo i miei sensi. Non posso fare a meno di gemere mentre i miei occhi si aprono pigramente per realizzare di trovami in un ospedale, da qualche parte.

I suoi occhi blu brillanti si allargano quando si alza dalla sedia al mio capezzale.

«Sei sveglio» dice. I suoi occhi si spalancano per la sorpresa e il suo colorito diventa spettrale. Ha un libro tra le mani, con la rilegatura consumata.

«Ti conosco?» dovrei riconoscere la donna bruna? Giuro che se l'avessi incontrata, me ne ricorderei. Non importa il mal di testa e il dolore che mi squarciano il cranio. Non dimenticherei mai il suo viso o il suo corpo.

Lei fa un sorriso da agnellino. «Ti ho trovato nella foresta. Ti hanno sparato.»

Faccio una smorfia e mi sfioro la testa. Non c'è nessuna fasciatura. Non c'è dolore, non come mi aspettavo. «Da quanto tempo sono qui?» ho la netta impressione che siano più di un paio d'ore.

«Circa sei settimane» sussurra, e distoglie lo sguardo.

Ed è rimasta con me tutto il tempo? Perché?

«Ho letto un po' per te» mi dice con fare peccaminoso, piegando l'altro braccio sul libro per nascondere quello che stava leggendo.

«Che libro?» chiedo. Non ricordo di aver sentito la sua voce, né di aver sentito altro di lei, e la riconoscerei se ci fossimo incontrati in un altro momento. È giovane e delicata, e ha come una certa innocenza. Allungo la mano per toccare il punto in cui mi hanno sparato e le mie dita sfiorano la cicatrice.

Le sue mani sono delicate e morbide quando mi abbassa il braccio, anche se la testa non mi fa male. «E tu sei?» chiedo.

«Oh giusto, Sadie West» risponde e sorride. La ragazza ha un sorriso irresistibile e delle fossette che le conferiscono un'atmosfera da perfetta ragazza della porta accanto. Quante cose potrei fare per rovinare la piccola Miss Perfetta.

«E tu invece, sei?» chiede, aspettando che io risponda.

Mi schiarisco la gola e prendo tempo. Qualcuno mi vuole morto. Non ricordo chi mi abbia sparato o cosa sia successo. Lavoro per la Bratva russa e mi era stato ordinato di uccidere Anton e la sua ragazza, Savannah. Lucy era con me in macchina. Ma tutto quello che è successo dopo è rimasto dietro un velo, separato e tenuto lontano dalla mia memoria.

«Non avevi nessun documento con te» dice Sadie.

«Non me lo ricordo» cerco di non dare un briciolo di indicazione sul fatto che stia mentendo. «È tutto molto confuso.»

«Dovrei far sapere al dottore che sei sveglio.»

È carina, con un bel culetto che esamino mentre esce dalla stanza d'ospedale. Sarebbe un bene che se ne andasse. Sono un uomo pericoloso. Non ha motivo di restare e di passare del tempo con me. Non sono una buona compagnia.

L'infermiera entra per prima, controllando i miei parametri vitali, mentre il medico arriva qualche minuto dopo.

Sadie rimane in corridoio a guardare, lasciandoci spazio e privacy.

«Sa come si chiama?» chiede il medico.

«Non lo so» mento. È più facile. La polizia indagherà sulla sparatoria. L'ospedale è tenuto a denunciare qualsiasi ferita da arma da fuoco e non siamo allo Steele Concierge Medical, il che significa che questi medici non sono comprati o pagati dalla Bratva. Sono obbligati a denunciare il crimine alla polizia.

«In che anno siamo, invece, sa dirmelo?»

Riferisco l'anno e la dottoressa annuisce, soddisfatta che io abbia capito bene. Mi chiede lo stesso del presidente e sembra che io abbia risposto bene anche a queste domande. Forse avrei dovuto far finta di essere più confuso, ma non voglio che mi facciano un milione di esami medici. Voglio andare a casa. Ma dove diavolo potrei essere a casa? Non posso tornare al complesso con Mikhail ancora al comando. Per quanto ne so, ha ordinato lui la mia esecuzione.

Nikita ha sparato a Anton o a me? Forse Savannah, la ragazza di Anton, aveva una pistola nascosta addosso e ha premuto il grilletto? Lavorava per i federali, del resto tutti sono sospettati.

La dottoressa annota un paio di dati e mi informa che gli esami già effettuati non indicano traumi permanenti, ma che mi faranno visitare da un neurologo nel pomeriggio. Esce di corsa dalla stanza per dare un'occhiata a un altro paziente.

«Ti piace il corridoio?» mi permetto di scherzare, lanciando un'occhiata a Sadie che fa finta di togliersi i pelucchi dalla camicia.

«Non volevo intromettermi» dice Sadie, rientrando di soppiatto nella mia stanza. «Posso chiederti una cosa?» pur conoscendo il mio nome, non ricordo cosa sia successo. Lei annuisce, lasciandomi continuare. «C'era qualcun altro?»

«Cosa vuoi dire?» chiede Sadie, fissandomi con aria assente. La ragazza non ha la minima idea di cosa le stia chiedendo. Certo, non potrebbe saperlo, non essendo a conoscenza di quel che è accaduto nella foresta. E nemmeno io.

«Quando mi hai trovato, ero solo?»

Sadie avanza nella mia stanza d'ospedale. Le sue dita dei piedi si trascinano sul pavimento per un attimo. C'è qualcosa che nasconde, ma non so nulla di lei per capire cosa possa essere. L'hanno mandata gli italiani? No. Se l'avessero fatto, sarei già morto. Mi avrebbe soffocato mentre dormivo.

Si accascia sulla sedia accanto al mio letto. «Mi stai chiedendo se ho visto chi ha sparato? Perché non l'ho visto» la sua risposta è un po' troppo rapida e forzata. Quasi come se l'avesse provata nella sua testa una dozzina di volte. Forse non vuole ammettere di aver assistito a ciò che è successo. Sarebbe furba, se facesse finta di non aver visto nulla.

«Intendevo dire che quando mi hai trovato, ero solo?»

«Solo tu e la terra» dice Sadie. Fa un sorriso ironico prima di abbassare lo sguardo sul suo grembo.

Perché è ancora qui? Se glielo chiedessi e fossi troppo sfacciato, potrebbe andarsene. E questa è l'ultima cosa che voglio.

«Grazie per avermi salvato la vita, per avermi portato qui» dico e faccio un gesto verso la stanza.

Odio gli ospedali. Non che conosca qualcuno a cui piacciano, ma li disprezzo. Gli uomini muoiono in posti come questo dopo battaglie sanguinarie. Vorrei tornare a casa, ma non posso tornare al complesso.

«Non ricordi il tuo nome?» chiede Sadie, scioccata dal fatto che qualcuno possa dimenticare la propria identità.

Sarebbe più facile se avessi un'amnesia completa, di quelle che si vedono nei film o di cui si legge, in cui il personaggio dimentica tutto di sé, compreso l'essere il cattivo. È un peccato che io riesca a ricordare gli innumerevoli atti orribili che ho compiuto nella mia vita, ma non riesca a ricordare quello che è successo quando mi hanno sparato.

«Non posso dire di ricordarlo.»

«Sei entrato senza documenti, senza telefono, nemmeno un mazzo di chiavi di casa o della macchina» Sadie si siede tranquillamente accanto a me, con le mani giunte in grembo. «Cosa farai quando ti rilasceranno da questo posto?»

«Forzare un minimarket e dormire nel retrobottega?»

Non sorride e non ride.

«È una battuta» dico. Non l'ha capito? Non che mi conosca. «Rilassati, starò bene. Non c'è bisogno che tu rimanga a farmi da babysitter, a meno che tu non sia un poliziotto.»

È per questo che è ancora qui, per cercare di estorcermi informazioni? Sta lavorando alle indagini e vuole sapere chi mi ha sparato? Be', non ho intenzione di sporgere denuncia. Non è così che lavoriamo noi Bratva.

«Non sono un agente di polizia. Ma un agente voleva parlare con te mentre eri in coma. Ha lasciato il suo biglietto da visita» indica il biglietto sul tavolo vicino. All'ospedale non sono stati inviati fiori, biglietti di auguri o altri regali per me. Lo attribuisco all'ospedale, che non mi ha identificato, ma che dire della Bratva? Mi hanno lasciato morire e non si sono preoccupati di recuperare il corpo? È insolito e sospetto. C'è qualcosa che non torna.

«Cosa hai gli ha detto?» chiedo.

«Che eri in coma e avevi bisogno di riposo.»

«Bene» dico, e mi alzo a sedere, togliendo il filo della flebo dal braccio. La testa mi rimbomba per il movimento improvviso, ma non posso stare seduto ad aspettare che i poliziotti mi interroghino. L'ospedale li informerà che mi sono svegliato?

«Cosa stai facendo?» la voce di Sadie si alza di un'ottava.

Non posso fare a meno di temere che allerti le autorità. «Me ne vado da qui.»

La televisione è accesa. Per lo più è stato un rumore di fondo, il telegiornale. Non ho prestato molta attenzione fino a quando non mi sono alzato e ho ondeggiato nel mio camice da ospedale non proprio quattro stelle. Mi sento i piedi di gomma e le gambe di gelatina. Ci vuole tutto il mio impegno per stare in piedi e non cadere. Sono debole, anche se non lo ammetterei mai con nessuno.

«Dove sono i miei vestiti?» non posso lasciare l'ospedale con il sedere in bella mostra nel camice.

«I medici hanno messo i tuoi vestiti sporchi in una borsa» dice Sadie e apre l'armadio del guardaroba.

Entro in bagno e sbatto la porta. Non mi ci vuole molto per spogliarmi. Sono già praticamente nudo. Faccio una smorfia mentre strappo gli elettrodi adesivi attaccati al petto e indosso i pantaloni del completo nero e la camicia bianca. Il colletto è coperto di sangue cremisi. Sul davanti della camicia c'è uno schizzo di sangue, colato dalla ferita. Il cappotto è stropicciato, ma per il momento coprirà la maggior parte del sangue. Avrò bisogno di nuovi vestiti, qualcosa di meno appariscente. Peccato che Sadie non abbia pensato di portarmi un cambio di vestiti.

Quando esco dal bagno, Sadie ha la testa bassa e guarda il telefono. Infila il cellulare nella borsa e piega le braccia sul petto. «Non so cosa stia succedendo, ma non te ne andrai di qui. Non puoi.»

Mi trattengo dal dirle che non può costringermi a restare. Il mio piede vacilla e forse Sadie percepisce il mio disagio e il mio squilibrio. Afferro il vicino armadio attaccato alla parete, lasciando che mi sorregga.

Un sospiro pesante le sfugge dalle labbra. Mi guarda e stringe il libro in una mano, mentre con l'altra mi accompagna verso la sedia su cui si era seduta prima. «Starai con me» dice Sadie.

«Questa è una pessima idea.»

Sbuffa, sottovoce. «Quando qualcuno ti fa un'offerta educata, ci sono modi più gentili per rifiutare. Ma detto questo, non ti stavo invitando a stare a casa mia. Non ti conosco. Ma lavoro al Luxenberg. Posso trovarti una stanza.»

«Un albergo?» mi infilo le scarpe e i calzini. Non sono in grado di stare in piedi per indossarli. La stanza gira quando mi siedo, ma ignoro la sensazione di vertigine. Una volta indossate le scarpe, salto in piedi e mi dirigo verso il corridoio. Oscillo da una parte all'altra come se fossi in mare aperto e cercassi di mantenere l'equilibrio. Le infermiere sono indaffarate e non prestano la minima attenzione a un uomo che esce in giacca e cravatta. Forse avrebbero alzato lo sguardo dagli schermi dei loro computer e dalle loro cartelle cliniche se avessi indossato un camice da ospedale.

Sadie mi afferra il braccio, accompagnandomi e impedendomi di cadere. A ogni passo, il mio appoggio diventa più solido e meno nauseante. Ho sempre avuto uno stomaco di ferro, ma la stanza che gira a vuoto non aiuta.

«Stai migliorando» dice, mentre entriamo insieme nell'ascensore.

«Fingi finché non ce la fai» scherzo, e non posso fare a meno di abbassare lo sguardo sul libro che ha in mano. Sta coprendo il titolo, ma è un libro d'amore con un uomo seminudo in copertina. Mi stava leggendo un porno per mamme? Credo che mi piaccia già, questa donna.

Preme il pulsante per l'ingresso e io mi appoggio al muro, lasciando che mi tenga su il culo finché non arriviamo a destinazione. «Che libro hai portato?» le chiedo.

Le sue guance si arrossano e si passa una ciocca di capelli dietro l'orecchio. «Ha importanza?» la sua risata è morbida e leggera. È imbarazzata ed evita la mia domanda.

La porta dell'ascensore si apre e lei esce per prima. Io sono subito dietro e lei unisce il suo braccio al mio, accompagnandomi attraverso il lungo corridoio e il parcheggio. È una bella camminata, ma è colpa mia che sono scappato via prima che venissero fatti altri esami o altre domande. Non ho mai dovuto mentire su chi fossi o sul mio ruolo. Certo, far parte della Bratva è un segreto, ma la compagnia che frequento di solito è consapevole del mio ruolo. Questo è un territorio inesplorato per me. Stavo facendo finta di essere una brava persona.

Osservo ciò che mi circonda a ogni passo attraverso l'ospedale e il garage. Devo essere vigile. Ci sono nemici in tutta la città che vorrebbero avere il vantaggio di prendermi in ostaggio, torturandomi per avere risposte sulla Bratva. E Sadie è troppo innocente per essere coinvolta nei miei drammi. Non voglio vederla soffrire.

«Sali!» ordina Sadie aprendo l'utilitaria a due porte. «Scusa, non è molto elegante come automobile» dice con un timido sorriso.

L'utilitaria gialla a due porte ha della ruggine sul parafango e uno dei fanali posteriori è rotto. Ha avuto un incidente o qualcuno ha rotto di proposito il fanale per darle fastidio?

«È perfetta» dico, scegliendo di non commentare il suo veicolo visto che è così gentile da farmi un favore e portarmi via da qui. Più tempo rimango in ospedale, più tempo ho per essere scoperto da Mikhail o dai suoi uomini.

L'auto è un rottame arrugginito, per di più piccolo. Le mie ginocchia sono schiacciate sul sedile anteriore, ma almeno è un viaggio gratuito. Non posso certo pagare un taxi o un albergo. E non mi sono nemmeno seduto abbastanza a lungo da considerare che non ho accesso ai miei conti senza un documento o un portafoglio. Sarà più complicato di quanto pensassi. So borseggiare come pochi, ma tirerei su solo pochi dollari, non abbastanza per sopravvivere agiatamente.

Ho lo stomaco pesante e mi asciugo il sudore che mi ricopre le mani sui pantaloni, dando ogni tanto un'occhiata allo specchietto laterale per vedere se qualcuno stia seguendo il suo veicolo.

Sadie accende l'aria condizionata nella piccola auto, ma dalle bocchette esce solo aria calda e disgustosa. Spingo via le bocchette davanti a me.

«Tra qualche minuto si raffredderà» dice Sadie. Non ci vorrà molto, questo è certo.

Il garage non è a pagamento e Sadie guida in modo disordinato attraverso il parcheggio e l'uscita. Forse è lei la causa del fanalino rotto. La sua guida lascia molto a desiderare. La prossima volta mi offrirò di guidare io. Ammesso che ci sia, una prossima volta.

Mi muovo a disagio sul sedile anteriore. La cintura di sicurezza è bassa e stretta sulle ginocchia. È soffocante e il caldo è anche peggio.

Conosco bene l'ospedale che abbiamo appena lasciato e l'hotel dove siamo diretti. È un viaggio di almeno venti minuti senza traffico e le strade sono raramente vuote, tranne forse quando esco dal lavoro al Club Sage.

Il mio ultimo lavoro per la Bratva era stato quello di sorvegliare la porta, un buttafuori per il club. Anche se si trattava di una posizione più lusinghiera del semplice controllo dei documenti d'identità e del buttare fuori gli uomini schifosi che mettevano le mani addosso alle ballerine. Ero l'unico responsabile di garantire che i membri della mafia italiana non si intrufolassero all'interno del locale. E nelle prime ore del mattino, quando finivo di lavorare nel club, ero responsabile del primo contatto con i nostri compratori. L'ambiente richiedeva segretezza, sicurezza e nessuna traccia cartacea o elettronica. Eppure, le cose stavano finalmente andando per il verso giusto quando sono finito in ospedale con un proiettile in testa.

Sadie attraversa la città alla velocità della luce, passando attraverso alcuni semafori appena diventano rossi. La ragazza è un terrore naturale. È molto eccitante. Mi ha conquistato all'istante. È possibile che mi abbia solo salvato la vita o c'è qualcosa di più tra noi?

«Sei sicura che possa restare al Luxenberg?» chiedo. Ci sono posti peggiori in cui potrei stare. Un albergo sarebbe stato quantomeno poco visibile. I Bratva non mi cercheranno in un albergo. Soprattutto quando pensano che io sia morto e che tutte le mie carte di credito e i miei conti siano gestiti da loro, un altro motivo per essere grati di aver buttato via il portafoglio. Anche se non l'ho fatto apposta. Almeno, non ricordo di averlo lasciato. Devo averlo dimenticato sul lavoro.

La sua attenzione è rivolta alla strada, le sue mani sono sul volante mentre attraversiamo i quartieri e le strade secondarie, evitando il traffico fermo e i semafori e superando di slancio due segnali di stop.

«Lavoro alla reception. Posso registrarti in una delle camere e segnarla come non disponibile per un problema di manutenzione.»

Sadie non ha idea di cosa stia facendo per aiutarmi.

«Ti ripagherò» dico. Non mi piace essere in debito con qualcuno, anche se si tratta di una brunetta carina. Dovere un favore a qualcuno non mi piace.

«Non è un grosso problema. Non serve che lo sappia nessuno, però» suggerisce Sadie con un sorrisetto. C'è un lato ribelle in lei che trovo dannatamente sexy. Tutti i membri della Bratva sono uomini. Una manciata di donne vive nel complesso, fidanzate e mogli, ma non sono membri. In un'altra vita, avrebbe potuto rompere gli schemi e diventare una della famiglia.

D'altra parte, Mikhail non avrebbe mai permesso che un membro della Bratva fosse una ragazza. Lui è il Pakhan, il capo dell'organizzazione russa che opera a New York.

«Hai bisogno di fermarti a prendere dei vestiti?» chiede Sadie.

Non è che io sappia dove abiti, e anche fosse, non avrei nemmeno le chiavi in tasca. «Non sarà facile, dato che non ricordo nulla» dico.

Lei si schiarisce la voce e mi lancia un breve sguardo. «Posso prestarti qualche dollaro. Possiamo fermarci da Target o Walmart e vedere cosa ti sta bene?»

Sono alto e robusto, e sono sicuro che ci siano jeans e magliette che posso acquistare, per cui non indosserò il mio solito abbigliamento in giacca e cravatta. Non che abbia particolarmente bisogno di indossare una giacca da camera per andare in giro per l'hotel. E dove diavolo potrei andare, con la Bratva alle calcagna? Dovrò mantenere un profilo basso e stare lontano dai guai. Non è una cosa in cui eccello, data la mia esperienza.

«Non voglio metterti in difficoltà.»

«Non lo farai. Mi ripagherai» Sadie mi fa un sorriso a mille. «Se ti serve un lavoro, puoi sempre pulire il mio appartamento. Odio fare le pulizie.»

Gemo sottovoce. Non è il tipo di lavoro che mi piace fare. Ma ho fatto di peggio, pulendo cadaveri. Un appartamento con polvere e sporcizia dovrebbe essere un gioco da ragazzi. E forse mi metterò anche a curiosare un po' in giro. C'è qualcosa in Sadie che non riesco a capire. Probabilmente il fatto che sia qui, disposta ad aiutarmi, mentre io sono stato in coma per sei settimane. *Chi fa una cosa del genere? Che razza di persona aspetta che un estraneo si svegli?*

«Sei troppo gentile» e intendo ogni parola. Se sapesse che tipo di uomo sono, le cose che ho fatto, non mi guarderebbe con uno sguardo così speranzoso. La ragazza è innocente e il solo fatto di starmi vicino la rovinerà.

Sadie sorride, con le mani sul volante. Ogni tanto mi lancia un'occhiata come se stesse pensando a qualcosa, ma non volesse dirlo ad alta voce.

«Che c'è?» sono bravo a leggere le persone, soprattutto le belle ragazze.

«Non ti ricordi niente?» esordisce Sadie. Si ferma nel parcheggio del Target e spegne il motore. Con sollievo scendo e mi metto in piedi, sgranchendomi le gambe. Giuro che la sua dev'essere un'auto come quelle dei clown. Sadie mi segue fino all'ingresso, e il suo braccio si unisce di nuovo al mio. «Non voglio che cada, signore» ridacchia.

«Non ricordo nemmeno il mio nome» la bugia sta diventando più facile da dire, mentre cerco di convincermi che non so chi sono.

«È incredibile» mi guarda mentre si dirige verso i carrelli. «Hai bisogno di aspettare o stai bene?»

«Sto bene, ma grazie per averlo chiesto» ho recuperato il controllo delle mie gambe, e anche se la testa mi pulsa, ignoro la sensazione.

Convinta che sia in grado di camminare da solo, Sadie prende un carrello e lo spinge nel negozio, conducendomi verso il reparto maschile. La ragazza ha intenzione di aiutarmi a scegliere il mio guardaroba? È un po' troppo da coppietta per me, ma mi trattengo dal dire qualcosa di offensivo. Sadie sta cercando di essere utile. Ho bisogno di lei se voglio rimanere fuori dal radar di tutti.

Non devo preoccuparmi che le telecamere di sorveglianza mi riconoscano. Non sono un ricercato e sono quasi certo che tutti mi credano morto.

La rabbia mi divampa dentro, voglio delle risposte. Il servizio di prima al telegiornale con Anton e Savannah mi ha fatto venire voglia di trovare un accesso a Internet e fare un po' di ricerche e indagini per conto mio. Ma non otterrò quelle risposte con Sadie al mio fianco. È troppo buona, troppo gentile e innocente per stare in mezzo alla violenza e allo spargimento di sangue tra i Bratva.

Un tempo erano uomini con cui ero allineato, ma non mi riconosco più e non riesco a capire quale sia il mio posto nel grande schema della loro organizzazione.

Prendo qualche capo dall'appendiabiti, niente che si faccia notare o che sia appariscente. Non ho bisogno di mettermi un bersaglio addosso. Pensano che io sia morto. È meglio tenerli all'oscuro di tutto. Ho bisogno di un piano e di un'arma. Non è probabile che mi prendano senza un documento di identità o senza contattare una vecchia fonte che possa consegnarmi. Mi procurerò un coltello più tardi, quando non avrò il piccolo raggio di sole che mi accompagna, non ha senso né utilità spaventare la ragazza.

Mi schiarisco la gola dopo aver lasciato nel carrello abbastanza vestiti per due giorni. «Andiamo.»

Ho finito di fare shopping. Non è qualcosa che mi diverta già normalmente e gli antidolorifici che mi hanno dato in ospedale stanno finendo il loro effetto.

Il mio umore sta peggiorando, rendendomi scontroso e ansioso.

Siamo dalla parte opposta della città, non siamo vicini al complesso, ma non posso correre il rischio di imbattermi in qualche membro della Bratva.

La testa mi si gonfia al solo pensiero di cosa significhi tutto questo. Nikita era in macchina con me nel bosco. Anton e Savannah lo hanno rapito? Lo hanno ucciso?

«Sei sicura che mi abbiano portato in ospedale da solo?» non ha senso. Perché lasciare morire me e non anche Nikita?

«Sei l'unico *escursionista* in cui sono inciampata» dice Sadie. Tuttavia, forza l'uso della parola "escursionista". Non è un'idiota. È consapevole che non fossi nel bosco per fare un'escursione?

«Perché?» mi chiede Sadie, lanciandomi un'occhiata prima di passarsi una ciocca di capelli dietro l'orecchio. È nervosa. «Per quale ragione?»

La spavento? O sa qualcosa che non dice?

«Nulla di particolare» meno dico, meglio è.

È per la sua sicurezza. Ci sono uomini che mi vogliono morto, innumerevoli, e non ultimi i Bratva, che in qualche modo, ora, si sono aggiunti alla lista.

Finiamo di fare la spesa, lei paga e io mi sento in colpa, non riuscendo a pagarmi nemmeno l'essenziale. La ripagherò, anche a costo di rapinare una banca per procurarle i soldi. Metto le borse nel bagagliaio della sua piccola auto. «Posso guidare io» mi offro.

«Con quella ferita alla testa?» indica la cicatrice.

«È successo settimane fa» rispondo. Avevo dato una rapida occhiata alla cicatrice nel riflesso che si vedeva entrando nel negozio, attraverso le porte di vetro. Non sembra così grave.

«E il tuo culo si è appena svegliato dal coma. No, grazie. Puoi montare in macchina e basta.»

È la sua macchina. E anche se vorrei farle consegnare le chiavi e pretendere che faccia come dico io, la ragazza mi sta aiutando. Dovrei essere grato, e non è un'emozione facile da gestire, visto il mio lavoro.

«Sì» borbotto e salgo sul lato passeggero anteriore. Sbatto la portiera e stringo la cintura di sicurezza in vita, aspettando che lei accenda il motore e si immetta nel traffico.

Ogni tanto mi guarda. Posso dire che voglia chiedermi qualcosa, perché continua ad aprire la bocca e la sua lingua schizza fuori, passa sulle labbra, prima di richiudere la bocca. Intelligente. Resta in silenzio. Potrebbe salvarle la vita. Non che abbia intenzione di farle del male. Non mi ha dato motivo di diventare un pericolo per lei. Inoltre, non farei mai del male a una donna. Ci sono dei limiti che non intendo oltrepassare. Ma scaricarla via è una possibilità molto concreta. Solo che ho bisogno del suo aiuto.

Sadie ci accompagna con una guida disordinata all'hotel. Parcheggia un po' troppo bruscamente, costringendomi a bloccare la cintura di sicurezza. «Dove hai imparato a guidare?»

Ride sottovoce. «Dai, prendiamo una stanza» spegne l'auto e scende.

La seguo, aspettando che sblocchi il bagagliaio. Una volta aperto il baule, prendo le mie borse. Non ho comprato molto e le restituirò ogni centesimo.

Sadie entra nell'hotel come se fosse la padrona del posto. La sua sicurezza è incrollabile. «Ciao, Pauline» c'è una cordialità in lei che sembra adattarsi alla sua personalità, come se non lo facesse solo per esibirsi.

«Pensavo che oggi fosse il tuo giorno libero.»

«Lo è, ma ho lasciato il telefono da qualche parte qui intorno.»

«Hai controllato nella sala relax?» chiede Pauline.

«No, non ancora. Puoi controllare mentre lo faccio squillare?» Sadie prende la linea fissa e inizia a comporre il numero del suo cellulare.

«Certo» dice Pauline, allontanandosi nel corridoio.

Mentre Pauline è occupata a cercare di rintracciare il telefono di Sadie, lei lavora al computer. Prende due chiavi di accesso alle camere d'albergo e le programma, prima di battere di nuovo sullo schermo del computer.

«Stanza 312» mi porge le due schede delle camere e io ne infilo una in tasca e afferro la seconda.

«Grazie» il mio pollice sfiora la sua pelle prima di dirigermi verso le porte dell'ascensore. Sembrerebbe sospetto se mi trattenessi troppo a lungo alla reception senza aver prenotato una stanza.

Mi dirigo verso gli ascensori, guardando dietro le mie spalle per cercare Sadie. Mi rivolge un sorriso caloroso, rassicurandomi che va tutto bene. Premo il pulsante dell'ascensore e aspetto che la porta si apra.

Pauline scuote la testa e torna alla reception. «Il tuo telefono non è nella sala relax.»

«L'ho trovato nel cassetto in basso. Non so come ci sia finito» Sadie ride. «Grazie per avermi aiutata a cercarlo, Pauline.»

Si sposta da dietro il bancone mentre la porta dell'ascensore si apre.

Entro e schiaccio il pulsante per il terzo piano. Dalla mia posizione all'interno dell'ascensore non riesco più a vedere Sadie. Vorrei rubarle un'ultima occhiata, ma sono sicuro che se rimarrò in albergo, non sarà l'ultima volta che la vedrò.

Trascino la borsa della spesa con le poche cose essenziali fino alla mia stanza. Dall'esterno, l'hotel è elegante ma vecchio. L'interno, tuttavia, è stato ristrutturato di recente e profuma ancora di vernice fresca. La moquette, anche nei corridoi, è ancora notevolmente soffice.

Apro la porta della mia stanza. C'è un materasso singolo king size, che è più che perfetto per le mie esigenze. Accendo le luci e chiudo bruscamente le tende, non volendo che qualcuno veda dentro. Anche a tre piani di altezza, non voglio correre il rischio che qualcuno mi possa notare.

La piccola cucina ha un frigorifero grande, un lavandino e un fornello. È efficiente, ed è esattamente ciò di cui ho bisogno finché non deciderò le mie prossime mosse.

Rimanere a New York è pericoloso, ma per partire e iniziare una nuova vita, non ho nulla. Nessun lavoro. Non ho accesso a fondi. Sono fottuto. E non posso mettere su un curriculum con quello che facevo per vivere. Non ci sono referenze da chiedere. Diavolo, non c'è modo di lasciare la Bratva vivi. Solo che Mikhail e i suoi uomini credono che io sia morto.

Mi accascio sul bordo del materasso. La testa mi cade tra le mani. Ho bisogno di risposte. Mikhail non me ne potrà dare, ma Nikita era in macchina con me. *È morto? Che stia lavorando con Anton? Nikita avrebbe mai tradito Mikhail e la famiglia?* Nikita è un brav'uomo, fedele a Mikhail, come me. Niente di tutto questo ha senso.

Non posso prendere il telefono. Non voglio che sappiano dove mi stia nascondendo. Sarebbe già gravissimo svelare di essere ancora vivo, contattando uno di loro.

Lascio la borsa dei vestiti e degli articoli da toilette sul letto e mi dirigo verso la porta. La stanza mi sta già soffocando. Devo fare qualcosa. Stare seduto un altro minuto non servirà a nulla.

Apro la porta, tirandola all'indietro e vedo che Sadie è in piedi all'estremità opposta.

«Ehi, non mi aspettavo di rivederti così presto» dico. «Cosa ci fa qui?»

«Ti ho portato degli asciugamani» ha in mano una pila di soffici asciugamani bianchi e una borsa di prodotti da bagno dell'hotel. «Visto che non avrai il servizio di pulizia, ho pensato di riempirti di qualche cosa di essenziale. Ci sono anche spazzolino e dentifricio.»

«Stai cercando di dirmi qualcosa?»

Ride nervosamente e mi spinge gli oggetti tra le braccia per prenderli.

«Vuoi entrare?» le chiedo prendendo gli asciugamani, poi mi giro per portarli in camera e li lascio cadere sul bancone del bagno.

Sadie non è minimamente nervosa. Dà un'occhiata in giro per la stanza, probabilmente per assicurarsi che tutto sia all'altezza degli standard che si aspetta. «Non è necessario» dando un occhio ai suoi piedi, percepisco che c'è qualcos'altro che la opprime.

«Cosa c'è? Non sei venuta qui per darmi degli asciugamani» probabilmente, la stanza già dispone di biancheria nel bagno.

«Ho parlato con uno degli agenti in ospedale, mentre eri in sala operatoria» dice Sadie.

Inspiro un respiro nervoso e mi schiarisco la gola. «E...?»

Non mi avrebbe assistito se avesse saputo qualcosa di chi sono o per chi lavoro.

«E niente. È stato evasivo quanto te» entra nella mia stanza e si chiude la porta alle spalle.

Le sue mani sono vuote. Non c'è un'arma, ma non sembra nemmeno tirarsi indietro. Intendeva forse portarmi qui per vendermi al cartello, alla mafia o alla Bratva? Il mio istinto mi avverte che potrebbe essere pericolosa e che mi abbia portato qui solo per il suo interesse personale.

Al suo sguardo, rispondo con il silenzio. Mi rifiuto di risponderle. Per quanto ne sa, quello che ho detto è la verità. Non ricordo cosa è successo. Anche se preferirei che pensasse che ho ancora una forma di amnesia, non riesco a ricordare la sparatoria. Ci riuscirò, prima o poi? Non ne ho idea.

«È difficile dare molte risposte quando non so chi sono» dico. Alzo le spalle con nonchalance e le lancio un'occhiata, avvicinandomi. La sovrasto, invadendo il suo spazio personale mentre è a pochi centimetri dalla porta. «Se non ti dispiace, devo andare in un posto.»

«E dove sarebbe?» chiede Sadie. «Non hai soldi, non hai un lavoro e non sai nemmeno come ti chiami.»

La mia mascella si stringe alla sua domanda. «Vorrei fare una passeggiata, schiarirmi le idee. È un problema?»

«La tua testa ha bisogno di riposare, insieme al resto di te. Hai dimenticato che ti hanno sparato?»

«Difficile da dimenticare» mormoro sottovoce. «Ma è successo settimane fa. Sto bene.»

Le sue mani sono sul mio petto e mi guidano verso il letto. «Sali» mi ordina mentre tira indietro le coperte.

«Non è ancora ora di andare a letto» non può essere seria. Non prendo ordini da *lei*.

«Hai lasciato l'ospedale contro gli ordini del medico. Dovresti riposare fino a cena.»

«Come fai a sapere che era contro gli ordini del dottore?» chiedo. Non ho firmato per uscire dall'ospedale. Sono sgattaiolato via prima che qualcuno se ne accorgesse.

Lei mi lancia uno sguardo che mi fissa dritto nell'anima e mi fa muovere scompostamente i piedi. «Me la prenderò comoda, a una condizione.»

«E quale sarebbe?» chiede.

«Tu fai l'infermiera e io rimango a letto» dubito che possa interessarle. È una buona samaritana, che va al di là di tutto. Forse le piace aiutare le persone per vivere perché è una brava persona. Io non ne so molto. Non sono un santo.

«Non so quale fantasia tu abbia nella tua testa rotta e ammaccata, ma non indosserò un vestito da infermiera e non ti coccolerò come un bambino.»

«Peccato» dico, sorridendo. Sarebbe stata una bomba con indosso una gonna bianca corta che le copriva a malapena il culo.

«Togliti quel sorriso compiaciuto dalla faccia. Devo uscire, ma tornerò più tardi per controllarti e portare la cena. Ma non perché sono la tua infermiera. Non lo sono» Sadie si ritira verso la porta. Il labbro inferiore è stretto tra i denti. «Riposati un po'.»

«Lo farò, capo» scherzo con lei.

È tutto tranne che intimidatoria.

TRE
SADIE

PRIMA DI FERMARMI a prendere del cinese d'asporto, vado a casa mia per portare fuori il mio cucciolo. Allie è tornata dal campo estivo ma passerà la giornata a casa di una sua amica.

Fermandomi a casa mia, prendo il guinzaglio, lo fisso al collare viola di Kona e scendo con lei.

Se l'hotel non fosse così rigido nella sua politica di divieto di accesso ai cani, l'avrei portata con me andando a prendere la cena.

In meno di venti minuti, Kona finisce il suo giro mangia.

Alla fine, ho ordinato cibo da asporto. Non s lui piaccia mangiare, non so nemmeno

nome. Dovrei chiamarlo *John*, come *John Doe*? Ordino un bel po' di piatti diversi. Può conservare gli avanzi e avere il cibo per il pranzo e la cena delle prossime due sere, finché le cose non si sistemano.

Non riesco a capire cosa stia passando, non sapendo chi sia o quale sia il suo posto. Il mio stomaco si annoda per la pesantezza della situazione. Io, almeno, ho Allie. Se mi succedesse qualcosa e sparissi, lei mi cercherebbe. Probabilmente chiamerebbe mia sorella Ellie e si metterebbero in contatto con tutti gli ospedali, gli obitori e i notiziari locali per rintracciare la mia posizione. Non avere nessuno deve essere la solitudine più assoluta.

Guardo il VR che si sta caricando, accanto alla televisione. Allie non può portarlo con sé durante i pigiama party. Ogni volta che gioca in multiplayer online, deve essere monitorata da un adulto. Regole della casa. Ho il piacere di guardare il suo gioco tramite il mio telefono e di stare con lei in salotto per assicurarmi che sia intelligente e accorta, riguardo alle informazioni che dà agli estranei online.

Mi fido di Allie. È degli altri malintenzionati online che non posso fidarmi.

Prima di andare al ristorante a prendere la cena, do a Kona un po' di coccole e croccantini in più. Dovrei lasciare in pace lo sconosciuto, *John*. Non sono nemmeno sicura che voglia il mio aiuto, ma non riesco a trattenermi dal prendere la cena e presentarmi davanti alla sua porta.

Busso con decisione, aspettando che apra la porta e mi faccia entrare.

Apre la porta e mi guarda. «Hai portato la cena.»

«Ho detto che l'avrei fatto» rispondo, entrando dalla porta aperta e passandogli davanti.

«Entra pure» dice sottovoce.

Ignoro la sua osservazione. Probabilmente è scontroso a causa del coma durato sei settimane. Sono sicura che lo sarei anch'io. Entro nel cucinino e lascio cadere sul tavolo il sacchetto di carta con la cena. «Non ero sicura di cosa mangiassi, così ho preso un bel po' di cose. Quello che non finisci mettilo in frigo e avrai un pasto per domani e dopodomani.»

«Non resti.»

Non è una domanda, e non riesco a capire se c'è delusione o sollievo. Ha reso impossibile leggere il suo linguaggio del corpo o il suo tono.

«Devo tornare da Kona» e anche se avevo intenzione di unirmi a lui per la cena, c'è qualcosa in lui, un'oscurità che gli vortica intorno, che mi rende nervosa.

«Kona, come le Hawaii?» la sua fronte è tesa. «È molto lontano da New York.»

«Il mio cane, Kona» dico e mi schiarisco la gola.

«Siediti» le sue parole sono un comando, mentre posiziona una sedia vuota e mi fa cenno di prenderla.

Apro la bocca per obiettare. Non sono un cane. Non prendo i comandi verbali come ordini. «Non voglio trattenermi troppo.»

«Ti ho invitata a sederti» dice.

Lo accontento, se non altro perché ho portato la cena e non vedo l'ora di mangiare. Ci sediamo e mangiamo. La stanza è immobile. Io uso le bacchette di legno, mentre l'uomo misterioso seduto di fronte a me usa la forchetta.

«Prima non mi ha detto di avere un animale domestico. Che tipo di cane è?»

«Un pastore australiano.»

«Mi piacerebbe conoscere... lui o lei.»

«Lei» dico, e prendo il bicchiere d'acqua che ha messo sul tavolo. Bevo un sorso e il mio sguardo si fissa sul suo. «Non ricordi ancora nulla di prima della sparatoria?» chiedo.

«Niente» si sposta scompostamente sulla sedia e scuote il collo da una parte all'altra con una smorfia.

Perché ho la sensazione che mi stia nascondendo qualcosa?

«Beh, devo chiamarti in qualche modo. Se non ricordi il suo nome, l'ospedale ti ha registrato come John Doe.»

Il suo labbro superiore ringhia per il disgusto. «Non è il mio nome.»

«Ovviamente» dico, e alzo gli occhi al cielo. «Ma hai bisogno di un nome, e Bearded Bad Boy non mi sembra appropriato.»

I suoi occhi si allargano. C'è un accenno di riconoscimento e, per un uomo che apparentemente non ricorda nulla, non posso fare a meno di chiedermi se mi ha nascosto la verità o se gli è riaffiorato un ricordo.

Oppure, potrebbe essere che io gli abbia dato un soprannome che lui trova offensivo.

«Come mi hai chiamato?»

«Ragazzaccio barbuto» dico, come se fosse una frase appena inventata.

Il suo sguardo è di pietra e mi fissa dritto nell'anima.

Mi rifiuto di indietreggiare o di nascondermi. È lui che insiste a non sapere chi è.

«È una scelta interessante.»

Mangio un altro boccone di cena e guardo il mio piatto, evitando il suo sguardo acceso. Cosa diavolo si ricorda? Non può essere una coincidenza, la sua reazione con la mia osservazione.

«Sì, è solo un nome che ho sentito e che mi sembra adatto a te» non gli spiego dove e come abbia sentito questo nome.

La sua mascella è serrata e prende il bicchiere d'acqua, bevendo un piccolo sorso. «Pensi che io sia un cattivo ragazzo?»

Gli faccio un gesto sul braccio. «I tatuaggi non lasciano dubbi. Ricordi il significato di qualcuno?» vorrei chiedergli del tatuaggio della stella sul petto, lo stesso che ho visto io.

«Se mi ricordo perché ho dell'inchiostro sulle braccia? No!» dice. «Così come non ricordo il mio nome. Ma sono certo che non si tratti di Bearded Bad Boy» manda giù altri bocconi di cibo, ma ho la netta impressione che sia per dimostrarmi di aver finito di parlarmi, almeno per quanto riguarda il suo nome.

Perché darsi tanta pena per il soprannome? Forse ricorda qualcosa di losco o sinistro del suo passato?

Finisce di mangiare prima di me e comincia a sparecchiare e a mettere in frigo i piatti non consumati e gli avanzi. È come se mi dicesse che è ora di finire e di andarmene, senza dire una parola.

Dopo aver mangiato, sparecchio e sciacquo le stoviglie rimaste nel lavello prima di caricare la lavastoviglie. «Dovrei andare» non sembra che voglia che rimanga nei paraggi, e a quanto pare, con o senza intenzione, devo averlo offeso e insultato, in qualche modo.

La sua mascella rimane tesa mentre mi accompagna verso la porta. «Ti ringrazio per tutto quello che hai fatto. Ma non è necessario.»

«Direi che avere un tetto sopra la testa è necessario. Le previsioni meteo danno pioggia per stasera. Non c'è di che.»

Esala un sospiro, affannato, e apre la porta. «Apprezzo molto tutto quello che hai fatto per me...»

Segue un silenzio. Ha dimenticato il mio nome o c'è qualcos'altro? Scelgo di ricordargli il mio nome. È stato in coma. Non potrei dargli torto se non si ricordasse come mi chiamo.

«Mi chiamo Sadie» dico.

«Lo so. Non ti dimenticherei mai» sussurra. L'asprezza si disperde come fumo che si allontana da una finestra aperta.

«Certo che no, dimenticheresti solo te stesso» dico e sorrido, cercando di fare una battuta. Non è un granché e lui non ride.

Probabilmente perché è vera e dolorosa. «Come ti è venuto in mente quel tuo *divertente* soprannome per me?» mi tiene aperta la porta e io rimango in piedi, dentro l'ingresso, in attesa di andarmene. Dovrei filarmela prima di confessare il motivo più stupido e ridicolo del nomignolo che gli ho dato.

«È ridicolo» dico, prendendo tempo. Perché deve tirarlo fuori?

«Non puoi averlo inventato dal nulla.»

Lo sa? Potrebbe ricordare il passato? Dubito che, se così fosse, si ricorderebbe minimamente di me. E questo mi porta a pensare che quel *Bearded Bad Boy* del mondo VR, sia proprio lui.

«Mia nipote ha un videogioco, e ama giocare con altre persone. Uno di questi giocatori si chiama Bearded Bad Boy» dico. «È solo che... il nome mi sembrava adatto.»

I suoi occhi si stropicciano con un accenno di sorriso. «È così?»

Indico la porta, ancora aperta. «Dovrei andare» dico. Ha fatto capire che mi sta chiedendo di andarmene, accompagnandomi fuori dalla porta. E poi, è pur sempre un estraneo. Quanto so di lui?

Potrebbe essere un assassino e io potrei essere il suo prossimo obiettivo. Essere colpiti nella foresta e lasciati morire potrebbe esser stato un avvertimento.

«Ci vediamo in giro, Sadie.»

Il modo in cui pronuncia il mio nome mi fa vibrare lo stomaco, come se fossi di nuovo a scuola. Solo che questa volta sto aiutando un uomo di cui non so nulla. Se lo dicessi a qualcuno, mi avvertirebbero di stare alla larga. È pericoloso o, come minimo, coinvolto con uomini che lo vogliono morto.

———

«Sadie!» due giorni dopo, arrivo al lavoro e il mio capo, Connor, mi fa cenno di raggiungerlo nel suo ufficio.

Ricaccio una smorfia dentro di me. Lo stomaco mi si blocca e sono piena di timore. Trascino i piedi mentre entro nel suo ufficio.

«Chiudi la porta» mi dice.

«C'è qualcosa che non va, signore?» chiedo.

«Vuoi spiegarmi perché un ospite alloggia in una delle camere contrassegnate nel nostro sistema come non disponibili?»

«Non capisco che intende» tengo le mani sui fianchi e faccio del mio meglio per non agitarmi o sembrare colpevole. Quello che ho fatto non è poi così grave. Ci sono crimini peggiori da commettere. Ho aiutato un ragazzo. E in albergo avevamo una stanza vuota.

«Hai registrato un ospite in una stanza che aveva bisogno di manutenzione. Stamattina, ho chiesto a uno dei nostri addetti alla manutenzione di ispezionare la stanza, visto che lei non ha scritto commenti su cosa l'avesse resa indisponibile. Immagini la mia sorpresa quando ho scoperto che un ospite occupava quella stanza.»

Apro la bocca e la richiudo rapidamente. «Devo aver...»

Connor fa un gesto con la mano, fermandomi e impedendomi di scavarmi la fossa da sola. «Non so cosa lei abbia in mente, ma è chiaro che il signore in questione non abbia prenotato una stanza e non sia nel nostro sistema. Lei è licenziata.»

«Cosa?» ho un sussulto. Lo stomaco mi crolla e le mani mi tremano sui fianchi. «Signore, posso spiegare.»

«Dare camere gratis ai propri amici non è ammissibile. Dovrebbe saperlo, Sadie. Non gestiamo un bordello, qui.»

«Come, scusi?» soffoco la voce. Non può essere serio. «Le assicuro che non è questo che sta succedendo.»

«Non mi interessa quale sia il motivo per cui ha fatto quello che ha fatto, ma per quanto mi riguarda, è un furto nei nostri confronti. È fortunata che non la denunciamo e allontaniamo dalla proprietà. Raccolga le sue cose e se ne vada.»

«È stato solo un errore» dico, cercando di giustificare l'ospite nella stanza contrassegnata come non disponibile e da riparare.

«Vada via» dice la sua voce, e un brivido mi percorre. Mi avvio verso la porta, con la mano sulla maniglia di metallo. «A meno che lei non voglia offrirmi gli stessi servizi che ha offerto al signore che l'ha chiamata ieri sera.»

«Come, scusi?»

Improvvisamente, il licenziamento non sembra così grave.

«Abbiamo le telecamere, Sadie. Ieri è entrata due volte nella sua stanza d'albergo. Non puoi dirmi che non si trattasse di una visitina di piacere.»

«Vaffanculo» apro con uno strattone la porta del suo ufficio e me ne vado. Non ha senso spiegarmi con Connor. È solo un porco.

Stringo la borsa in mano ed esco dall'albergo attraverso l'ingresso principale, dirigendomi verso il parcheggio. Come osa insinuare che io porti clienti per fare sesso e suggerirmi di fare lo stesso con lui? Con che faccia!

───────

«Grazie per avermi incontrata» lo sgabello ruota sotto il mio peso mentre ordino un altro giro.

«Mi dispiace di non essere arrivata prima» fa un gesto verso l'anello, indicando che la colpa è da dare al marito. Hanno avuto un inizio difficile, nei primi due anni di matrimonio, e non vedo come la situazione possa migliorare. Suo marito è uno stronzo narcisista. Continuo a dirle di lasciare quel coglione. Può stare con me e Allie, anche se non è che abbiamo molto spazio. Si accascerebbe sul divano.

«Prendo quello che beve lei» dice Clare, prendendo la sedia accanto a me, appoggiandosi. «Che succede?»

«Mi hanno licenziata» prendo lo shot e lo butto giù in un attimo. Ho già bevuto tre bicchieri. O erano quattro? «Connor è proprio uno stronzo.»

Clare sa già che ho perso il lavoro. Le ho mandato un messaggio dicendole che la volevo al bar con me il prima possibile.

Allie passerà la notte con la vicina, così almeno non dovrò preoccuparmi che mi veda ubriaca quando tornerò a casa.

Il barista ci versa uno shot a testa. «Agli uomini che sono solo dei cazzoni nella nostra vita» dice Clare.

Io e Clare facciamo tintinnare i bicchieri prima di tranguggiare all'unisono.

Rido sottovoce. Non si sbaglia. «Quel coglione di Connor, giuro che se entra qui dentro lo gambizzo all'inguine e poi gli rovescio addosso una bottiglia di tequila» mi disgusta. Non sono del tutto innocente, avendo nascosto uno sconosciuto in una delle camere d'albergo, ma non è mica un ricercato. E non stavamo facendo sesso. Che faccia tosta a suggerirlo!

«Sarebbe uno spreco di ottima tequila» dice Clare. «Ma capisco il tuo punto di vista. Non merita di lavorare all'hotel. Non hai detto che ha il lavoro solo perché la sua famiglia possiede la catena alberghiera?»

«Suo fratello Levi ha ereditato il Luxenberg. Dicono che si sentiva in colpa nei riguardi di Connor, e che così gli abbia dato un ruolo di manager in uno degli alberghi di New York.»

«Be', avrebbe dovuto licenziarlo» mi ribolle il sangue e faccio di nuovo cenno al barista che vogliamo un altro giro.

«Forse dovresti rallentare» dice Bearded Bad Boy, avvicinandosi.

Indossa una maglietta scura e dei jeans blu che gli calzano al punto giusto. I miei occhi si soffermano più del dovuto. *Che se ne sia accorto?* «Cosa ci fai qui? Mi stai pedinando?»

Lui sbuffa e si appoggia al bancone. «No. Stavo solo concludendo degli affari, visto che mi serve un nuovo posto dove dormire.»

«Io sono Clare» dice la mia amica, tendendo la mano e presentandosi. Ha un sorriso enorme e lancia uno sguardo tra me e lui. «E tu sei?»

«Se ne sta andando» dico.

«Non devi» interviene Clare. La ragazza non sa quando tenere la bocca chiusa. «Mi dispiace, la mia amica ha avuto una brutta giornata. Il suo capo è uno stronzo e lei è stata licenziata.»

«Ti ha licenziato?» dice Bearded Bad Boy. Giuro che lo sento ringhiare sottovoce. Il suo labbro superiore si contrae con un ringhio. «Lo ammazzo» non c'è traccia di leggerezza nella sua minaccia.

E per quanto mi piacerebbe che Connor venisse pestato e messo fuori gioco, non ho bisogno che qualcuno difenda me o il mio onore. «Non è necessario» alzo la mano per impedirgli di fare qualunque cosa, non sicura di cosa sia capace. «Era solo uno stupido lavoro. Posso trovarne un altro.»

«Forse può venire a lavorare per te» dice Clare con un sorrisetto. «E... chi è che saresti, tu?» la ragazza è insistente. Non le ho mai detto della sparatoria nella foresta o dello sconosciuto all'ospedale. Non ci vediamo abbastanza spesso. Non dovrei chiamarla per sfogarmi quando devo districarmi dai miei casini, ma ho bisogno di qualcuno che mi aiuti a rimettere la testa a posto e ad assicurarmi di non finire a letto con un tizio a caso al bar. Clare di solito è quella più assennata, almeno quando si tratta di bere.

«Dmitri.»

«Ti ricordi il tuo nome?» non riesco a nascondere l'eccitazione che mi ribolle dentro. «È una buona cosa!»

«Ricordo solo alcune cose» dice, senza approfondire.

Lo sguardo di Clare passa da Dmitri a me. «Avevi dimenticato chi eri?»

«È una lunga storia» dico, senza costringere Dmitri a condividerla con Clare, se non vuole farlo.

Lei butta giù il secondo shot che ha ordinato mentre il barista prepara un altro giro. «Torno subito. Devo andare al bagno delle donne» Clare si allontana dal bar e passa davanti a Dmitri, lasciando noi due da soli.

«Dovrei andare con lei» dico, e la mano di Dmitri si posa sul mio braccio.

«Perché devi andare o perché non vuoi stare da sola con me?»

Stringo le labbra e mi rendo conto che ha ragione. «Non sono arrabbiata, se è questo che ti stai chiedendo.»

«Quindi sono io il motivo per cui sei stata licenziata» dice Dmitri. La sua fronte si aggrotta e la sua mano si stacca dal mio braccio, chiudendosi a pugno sui fianchi. I muscoli delle sue braccia si contraggono, le vene si gonfiano mentre la rabbia sembra salire in superficie.

«Non è niente» scrollo le spalle alla situazione. «Avrei dovuto cercare un altro lavoro. Connor, il mio capo, è un idiota. Ha il lavoro solo perché suo fratello è il proprietario della catena alberghiera.»

«Connor deve essere quell'uomo basso e calvo con le sopracciglia folte e i peli nelle orecchie?»

Ridacchio, Dmitri riesce a strapparmi un sorriso. «Non avevo notato i peli nelle orecchie.»

«Come hai fatto a non notarli?» chiede lui, con gli occhi spalancati. «Erano piuttosto ripugnanti, e posso solo immaginare che fuori si agitassero al vento, e chissà, forse gli avrebbero anche potuto fare da ali.»

«I maiali non hanno le ali.»

«Conosci il detto "quando i maiali volano"» commenta Dmitri e prende lo shot che il barista gli porta, rubandolo a me. «Hai bevuto abbastanza.»

Le mie spalle si abbassano, in segno di sconfitta. «Bene. Mi accompagni a casa quando la serata è finita?» la mia richiesta non è seria. Quell'uomo non mi deve nulla.

«Prenderò io le tue chiavi» dice Dmitri, con tono deciso. Non sta scherzando. «Non ti metterai al volante ubriaca.»

Clare torna dal bagno e scavalca Dmitri, riprendendo la sua posizione sullo sgabello. «Grazie per avermi tenuto il posto. Cosa mi sono persa?» è tutta sorridente, con le guance rosee e arrossate dai due shot che ha bevuto da quando è arrivata al locale.

La musica pulsa nel piccolo spazio. «Dovremmo ballare» suggerisce Clare e scivola agilmente dallo sgabello. Mi afferra il braccio e mi tira via dalla sedia.

La stanza oscilla e io inciampo tra le braccia di Dmitri. O forse, lui si mette in mezzo per impedirmi di cadere. Non sono sicura di quale sia la prima cosa che succede.

«Riesci a malapena a stare in piedi» commenta Dmitri.

«Perché non me lo permetti.»

Allenta la presa sulle mie braccia, ma le sue mani sono accanto ai miei fianchi.

«Lei sta bene. Ci penso io» dice Clare e mi afferra il braccio, trascinandomi sulla pista da ballo.

Dmitri osserva, tra i nostri sgabelli, con la schiena appoggiata al piano di legno del bar. Piega le braccia sul petto. La sua fronte è tesa mentre ci guarda ballare.

«Hai un debole per Dmitri?» grida Clare sopra la musica.

Le mie guance bruciano e i miei occhi si allargano, ma lui è abbastanza lontano da dubitare che possa sentire la sua domanda. O almeno, spero che non possa sentirla.

«Cosa? No» dico un po' troppo in fretta. «Siamo solo amici» non sono sicura che siamo amici, ma l'ho aiutato e mi sta dicendo cosa posso o non posso fare stasera. Non che avessi intenzione di tornare a casa in macchina. Avrei preso la metropolitana, ma comunque non mi piace essere comandata da nessuno.

«Be', ti sta ammirando il culo» Clare sorride e gli fa un cenno per fargli capire che l'ha beccato a fissarlo.

«Probabilmente, sta guardando te» mormoro. Clare ha sempre avuto un talento nel catturare lo sguardo di un uomo e nel mantenere la sua attenzione. Io non sono così. Sono la ragazza di cui tutti vogliono essere amici, la ragazza della porta accanto. È uno schifo. Non voglio essere legata per forza a qualcuno, però non mi dispiacerebbe sistemarmi con l'uomo giusto. Ma questa è solo una fantasia. Ho Allie. Lei ha la priorità. Gli uomini complicano le cose. O meglio, le relazioni complicano le cose.

«No, gli piaci» dice Clare. «Dovresti ballare con lui.»

Gemo. «Non ho intenzione di farlo.»

«E perché no?» chiede lei. La ragazza non riesce a capire che ci sono cose di cui non voglio parlare. «Per lo meno, fatti dare una sbattutina.»

«Come scusa?» rido alla sua proposta.

«Ma dai. Quand'è stata l'ultima volta che sei andata a letto con un uomo?» lei alza una mano. «Non sei obbligata a rispondere, ma pensaci. Hai un sacco di frustrazione repressa per la giornata di oggi, e lui può prendersi cura dei tuoi bisogni» Clare lo saluta con un ampio sorriso sul volto. «Vuole scoparti!» cerca di gridare sopra la musica, ma sono grata che lui non possa sentire quello che dice. Spero che non riesca nemmeno a leggerle le labbra.

«Sei malvagia» dovrei essere arrabbiata con Clare, ma non lo sono. Di solito, la ragazza ha a cuore il meglio per me.

Dmitri si muove sulla pista da ballo. I suoi occhi sono caldi. Si stropicciano verso l'alto quando sorride sottilmente. «Che sta succedendo?» mi chiede, e se ha capito le sue parole, è più gentiluomo della maggior parte dei ragazzi.

«Balla con me» dico, e Clare mi spinge verso Dmitri, mettendomi una mano sulla schiena e spingendomi più vicino. Le mie braccia si avvolgono intorno al suo collo e le sue mani si posano sulla mia vita, sostenendomi mentre la stanza gira. Anche se volessi portarlo a casa e invitarlo nel mio letto, dubito che accadrebbe qualcosa. Non c'è niente di sexy nel portare a casa una donna ubriaca che a malapena si regge sulle proprie gambe.

«Sarebbe un piacere» dice Dmitri, tirandomi più vicino e stretto contro di lui. Il suo respiro mi solletica l'orecchio mentre si china per sussurrare: «La tua amica mi ha appena detto che vuole scoparmi?»

Tossisco e soffoco le sue parole. «No» squittisco, mezza grata che abbia interpretato male le sue parole.

«Okay, bene. Perché non è il mio tipo.»

«Intelligente, divertente e bellissima, ma non è il tuo tipo?» chiedo, alzando lo sguardo su di lui. «È un peccato.»

«No, lo è, ma non è a lei che sono interessato» sussurra Dmitri.

Rabbrividisco e lui mi stringe di più contro di lui. La sua mano si appoggia alla mia schiena e con movimenti morbidi mi accarezza la pelle, infilando le dita sotto l'orlo della camicia.

Mi metto in punta di piedi e tiro Dmitri verso il basso, desiderosa di baciare, assaggiare e divorare ogni sua parte.

Lui si tira indietro e si schiarisce la gola. «È tardi. Hai bevuto più che a sufficienza. Dovrei portarti a casa.»

«Se non sei interessato, non devi fare altro che dirlo» mi sottraggo alla sua presa.

Gli occhi di Dmitri si stringono e la sua mascella è tesa. «Dovremmo offrire a Clare un passaggio a casa.»

È molto più gentiluomo di quanto pensassi.

«Sei preoccupato di rimanere da solo in macchina con me?»

«Sono preoccupato di lasciare la tua amica al bar, da sola, con decine di uomini che cercano di approfittare di una giovane e bella donna.»

Le sue parole mi bruciano. «Se ti piace così tanto, portatela a casa» mi allontano da lui per andare in bagno.

La stanza oscilla mentre cammino e Dmitri mi fa girare di fronte a lui, con le mani ferme sulle mie spalle. «Perché stai litigando con me?»

«Non ho bisogno della tua pietà» piego le braccia sul petto, erigendo tutte le barriere possibili intorno a me e al mio cuore.

«Credi che sia questo il mio scopo, compatirti? Per cosa? Per aver perso il lavoro?»

Non sono venuta al bar stasera per trovare Dmitri e litigare con lui. «Vado a casa» dico, e mi allontano da lui verso Clare.

«Ce ne andiamo?» chiede lei, lanciandomi un'occhiata che lascia intendere abbia ascoltato un po' della conversazione. Oppure, è solo molto intelligente e ha capito.

«Sì» le afferro il braccio, unendo i nostri.

«Metropolitana o taxi?» chiede Clare.

Stasera non ho guidato. Ho lasciato la macchina a casa mia e ho preso la metropolitana. «Metropolitana» rispondo. «Come sei arrivata qui?»

«Lo stesso, ma prendo un taxi per tornare a casa.»

Dmitri è dietro di noi e ci segue passo a passo. Apre la porta a Clare e insieme scivoliamo fuori dall'ingresso principale. Lei alza un braccio per chiamare un taxi. Ci vuole un minuto prima che uno si fermi all'angolo.

«Vuoi condividere un passaggio?» chiede.

Dmitri si avvicina al taxi. «La riporterò a casa sana e salva.»

Clare mi fissa in silenzio, aspettando la mia risposta. «Starò bene.»

«Mandami un messaggio quando arrivi a casa e divertiti» dice Clare con un gesto, infilandosi nel retro del taxi. Dmitri le chiude la porta posteriore una volta entrata.

«Taxi o metropolitana?» chiede.

«Prendo la metro» mi incammino lungo il marciapiede e lui mi sta accanto, come un'ombra che non scompare.

«Anch'io» dice Dmitri. Mi segue per due isolati e lungo le scale.

«Starò bene» insisto di non aver bisogno di essere accompagnata, se è questo quel che sta facendo.

Forse dovrei preoccuparmi del fatto che mi segua, ma potrebbe dirigersi rapidamente nella direzione opposta quando entriamo, oppure prendere un altro treno.

«Certo che starai bene. Che ne dici se ti accompagno a casa?» il suo braccio mi cinge la vita, stringendomi forte.

Per un uomo che ha detto chiaramente di non essere interessato a me, non posso fare a meno di chiedermi perché si sia accoccolato al mio fianco. *È preoccupato che io trovi qualcun altro con cui tornare a casa? Sta cercando di rivendicarmi come sua?* Scendo verso la piattaforma e lui è al mio fianco. Non può tornare in albergo senza pagare una stanza. «Non ho bisogno di una guardia del corpo.»

«Anche in quel caso, mi sentirei più a mio agio ad assicurarmi io stesso che tu arrivi a casa.»

Gli lancio un'occhiata. I tatuaggi gli coprono le braccia e fanno capolino sotto la camicia all'altezza del collo. Inciampo sui piedi e lui mi stringe contro di sé, impedendomi di cadere di faccia o, peggio, sui binari del treno.

«Ecco. Non accetto più un *no* come risposta» è fermo nella sua decisione.

Non discuto. Il mio corpo ondeggia quando il treno arriva e lui mi aiuta a salire. Si mette dietro di me, con un braccio intorno alla vita e l'altro che tiene la barra di metallo mentre saliamo sul treno. Le porte si chiudono e per poco non cado a terra. Per fortuna, Dmitri mi tiene appoggiata a sé, da dietro, e mi tiene al sicuro. La sua presa su di me si fa più forte.

«Non pensare nemmeno per un secondo che non ti trovi attraente, *Malishka*» sussurra. «Mi serve ogni grammo di autocontrollo per non piegarti e scoparti proprio qui, sotto gli occhi di tutti.»

Il respiro mi si blocca in gola. Non è detto che qualcun altro abbia sentito quello che ha detto, ma io ho sentito ogni parola, come voleva lui.

Nel treno fa caldo, mentre superiamo diverse fermate fino a raggiungere la destinazione. «Ci siamo» dico mentre ci avviciniamo. «Mi accompagni alla porta di casa?»

«Il piano è questo» mi accompagna fuori dal treno e sulla banchina, mentre ci dirigiamo verso le scale mobili. È al mio fianco. Il suo braccio mi cinge la vita e mi tiene stretta contro di lui. Sembra emanare un certo calore, o forse è l'alcol che mi ha resa più calda dentro, insieme alla sua presenza.

Lo guido fino al mio appartamento. Il tragitto dalla metropolitana è di pochi isolati ed è tardi. Non ammetto di essere in realtà grata per la compagnia, mentre ondeggio sui piedi. Dmitri mi tiene in piedi e in equilibrio.

Apro l'ingresso principale del condominio e lui mi accompagna in ascensore. «Non c'è bisogno che mi accompagni dentro. Ora sono al sicuro» dico.

«A che piano?» mi chiede mentre si trova davanti al pannello dell'ascensore.

«Il sesto» rispondo.

Lui preme il pulsante del sesto piano e io, dopo la chiusura delle porte, premo i pulsanti di tutti gli altri piani oltre il sesto.

«Sei un mostro» scherza.

È notte fonda. Quante persone staranno prendendo l'ascensore a quest'ora?

«Lo so» mi appoggio a Dmitri mentre l'ascensore sale e raggiungiamo il sesto piano. Le doppie porte si aprono, e io mi metto a trafficare con la borsa, tirando fuori le chiavi e uscendo dall'ascensore. Lui è accanto a me, a ogni passo. *Sta aspettando che lo inviti a entrare?* Spingo la chiave nella serratura e mi volto, afferrandolo per la camicia, tirandolo con forza contro di me, le mie labbra si infrangono sulle sue. *Non è per questo che è qui?*

«Sadie» sussurra, la sua voce è roca e gutturale mentre le sue labbra si posano sul mio collo. C'è un calore che vortica intorno a me e che mi fa venire voglia di strapparmi i vestiti di dosso in sua presenza.

Sto soffocando e le sue labbra non fanno altro che farmi sciogliere ulteriormente nel corridoio. Mi allungo dietro di me per prendere la maniglia della porta e mi infilo dentro.

Lui entra, è con me e anche Kona, che salta e abbaia eccitata dalla mia presenza. O forse, mi sta avvisando del nuovo arrivato che mi accompagna.

«Ciao» grugnisce lui, mentre con un piede chiude la porta e viene spinto all'indietro contro l'ingresso. Kona gli è piombata addosso con due zampe sul petto, annusando e decidendo se è degno di entrare. È momentaneamente perplesso e non riesco a capire se gli piacciano i cani o se li disprezzi. Di certo, non sembra spaventato.

«Kona, giù» ordino, indicandole di sedersi.

Lei lascia la presa su Dmitri e fa un passo indietro, sedendosi accanto alla porta d'ingresso e fissandolo. La sua coda scodinzola, il segno più evidente che è amichevole e non minacciosa.

Guardo Dmitri da sopra la spalla mentre accendo le luci e trasalisco per la luminosità.

Si china all'altezza di Kona e coccola la mia bambina, dandole delle carezze. Se fosse stata un cane da guardia, l'avrebbe fatto a pezzi.

«Sei una persona che ama i cani» lancio un'occhiata a Dmitri, visto che Kona si è affezionata a lui, strusciandogli contro per ricevere altre carezze.

Non oso ammettere di essere gelosa del fatto che sia stata lei stasera a conquistare la sua attenzione. Mi ero momentaneamente dimenticata di Kona e avevo immaginato che lui sbattesse la porta e mi scopasse contro di essa. Immagino che non succederà. Che peccato.

«Da bambino, quando ci siamo trasferiti in America, avevo un bastardino che avevamo adottato.»

Sono curiosa di sapere cos'altro ricorda. Gli sono tornati tutti i suoi ricordi?

Accendo la luce della cucina. «Posso offrirti da bere?»

Dmitri scuote la testa, mi guarda alzandosi e mi segue in cucina. «No, sono a posto così.»

Kona ci accompagna, ma è più calma e rilassata ora che ha fiutato Dmitri e ha deciso che è il benvenuto qui.

«Stai bene?» chiedo, facendo un passo verso di lui. Oscillo leggermente e lui allunga le mani sui miei fianchi, sostenendomi. Preferisco pensare che mi stia abbracciando, che mi voglia e che non si stia comportando in modo cavalleresco. Forse sente di dover ricambiare il favore dopo che l'ho aiutato. O forse vuole qualcosa, come un posto dove stare per la notte, visto che è stato cacciato dalla stanza d'albergo.

La sua fronte si irrigidisce mentre mi fissa in profondità nello sguardo. «Dovremmo metterti a letto. L'ora di andare a dormire è passata da un pezzo.»

«Non sai a che ora vado a letto.»

Annuisce. «È vero, ma stai cadendo in piedi. È tardi e hai bisogno di riposo.»

«Non sono ubriaca» ribatto, sfuggendo alla sua presa e uscendo dalla cucina.

Le sue mani mi afferrano i fianchi da dietro. È caldo e forte, stretto contro di me. «Hai bevuto molto, *Malishka.*»

Smetto di camminare per il tempo necessario a godermi la sensazione delle sue braccia avvolte intorno a me. «Che vuol dire?» borbotto, incuriosita dal nome.

«Portami in camera tua. Ti rimbocco le coperte.»

Indico pigramente la porta in fondo al corridoio e lui mi accompagna in camera da letto. «Luce del corridoio e della cucina» indico.

«Ci penso io» molla la presa e si affretta a spegnere le altre luci mentre io mi infilo nel letto. Mi tolgo i tacchi, calciandoli sul pavimento, e mi infilo sotto le coperte. Il letto è morbido, soffice e perfetto quando la mia testa tocca il cuscino.

Non ho una stanza per gli ospiti. La seconda camera da letto è di Allie. Anche se avessi una camera in più, non vorrei che Dmitri dormisse lì.

«Resta» sussurro.

La stanza è nel buio più assoluto e non riesco a vedere Dmitri, se è ancora qui. Dopo un attimo deve essere entrato, dato che i suoi passi non sono affatto silenziosi.

«Resta» ripeto, nel caso non mi avesse sentita prima.

«Non voglio disturbare.»

«Mettiti a letto e basta.»

«Autoritaria» scherza, e sento le sue scarpe cadere al suolo. Un minuto dopo, il letto si abbassa e le lenzuola frusciano mentre lui si mette comodo.

Mi rotolo su un fianco, sfiorando il suo braccio mentre sono rivolta verso di lui. Faccio fatica a tenere gli occhi aperti e a rimanere sveglia.

Lui è sdraiato sulla schiena, completamente immobile. È molto più gentiluomo di quanto pensassi.

«Ti piacciono gli uomini?» gli chiedo.

«Come, scusa?» soffoca le parole.

«Sei sdraiato accanto a me, nel letto, e non ci hai nemmeno provato. Non posso fare a meno di pensare che sia perché non sei attratto da me. Preferisci la compagnia degli uomini?»

Una risata gli sfugge dalla gola e il letto si abbassa quando si gira su un fianco. I miei occhi si sono adattati all'oscurità e riesco a distinguere i suoi lineamenti mentre mi fissa. «Le cose che voglio farti sono probabilmente illegali in almeno dieci Stati. È tardi e hai bevuto troppo. Vai a dormire, *Malishka*.»

Le sue parole mi fanno bruciare le guance. «Non posso» sono più sveglia di quanto dovrei. Probabilmente, perché Dmitri è sdraiato accanto a me.

Mi tira più vicina, più stretta. Sento il suo aroma maschile che attraversa la stanza e acceca i miei sensi. È tutto ciò che voglio. Tutto ciò di cui ho bisogno. Un desiderio mi spinge verso di lui, un desiderio che non posso più negare. Le mie labbra si schiantano contro le sue e questa volta lui è lì, facendomi rotolare sulla schiena senza interruzioni.

Il suo corpo è sopra il mio, aggrovigliato tra le lenzuola e i sottili veli di tessuto che ci tengono separati.

Ho voglia del suo tocco e di sentirlo sopra di me. Le mie dita tirano le coperte, spingendole giù e allontanandole. Accarezzo delicatamente la pelle della sua schiena, abbassando e togliendo i boxer mentre lui solleva i fianchi per me.

Non indossa la camicia e il suo petto è nudo, caldo, perfetto.

«Alza i fianchi» mi ordina mentre mi abbassa le mutandine insieme ai pantaloni in un colpo solo. Non mi sono preoccupata di mettermi il pigiama. La sua mano risale lungo il mio corpo, sfiora il busto, scivola sotto la maglietta e mi tocca un seno.

Le labbra di Dmitri tornano sulle mie, nutrendosi di me come se fossi la linfa vitale per la sua sopravvivenza. Ci aggrovigliamo e ci rotoliamo. Le lenzuola si attorcigliano mentre lo spingo sulla schiena, prendendo il comando. Mi metto a cavalcioni sulla sua vita e sollevo la camicia sopra la testa.

I suoi occhi mi guardano mentre le sue dita lavorano sulla chiusura del mio reggiseno di pizzo viola. Pizzica il fermaglio. La stoffa mi cade sulle spalle e la lascio scivolare a terra, in un mucchio insieme alla camicia.

Mi chino e le mie labbra sfiorano le sue. Ogni secondo è stuzzicante e angosciante, voglio sentirlo dentro di me, come io stuzzico lui. Le mie viscere palpitano e pulsano. È una piacevole tortura.

Dmitri ci fa rotolare con forza, bloccandomi sotto il suo peso. «Ti piace provocarmi?» mi chiede con una ruvidità che mi fa arricciare le dita dei piedi e dolere le viscere, desiderando di più con lui.

«Mi piace» confesso, fissandolo, sorridendo mentre mi afferra le braccia e me le blocca sopra la testa, dominando ogni centimetro di me. Un gemito mi sfugge dalle labbra, e i miei fianchi si spingono verso l'alto contro i suoi.

«Scommetto che vuoi sentire il mio cazzo dentro la tua piccola figa stretta.»

«Sì, ti prego» non mi piace implorare. Le mie viscere pulsano e le mie dita tremano mentre mi stringo alle sue mani.

Lui mi stuzzica a sua volta, spingendo la punta del suo cazzo dentro la mia figa. «Ti piace, piccola, vero?»

Le sue parole sono la mia rovina. Sollevo i fianchi, desiderando che sbatta il suo cazzo dentro di me. «Dmitri» rantolo. Mi lega le mani e le sue dita si intrecciano con le mie. Ci vuole troppa energia per dire qualcos'altro. È l'unico che può soddisfare il bisogno crescente che mi brucia dentro.

Gemo e avvolgo le gambe intorno a lui, portandolo più in profondità. Le sue labbra coprono le mie e io spingo la mia lingua nella sua bocca. Bisognosa e affamata di lui.

Ogni spinta diventa più intensa. Primordiale. Incendia il mio mondo.

Il mio cuore batte rapidamente contro il petto, sbattendo contro la cassa toracica, cercando di liberarsi.

«Vieni per me, *Malishka*» mi sussurra all'orecchio, stringendo il lobo tra i denti mentre io mi sento in bilico, sull'orlo dell'oblio.

Le sue parole bastano a farmi precipitare come sulle montagne russe, a tutta velocità, con l'adrenalina e l'eccitazione che percorrono ogni centimetro del mio corpo. Le mie viscere si stringono, pulsano e tremano mentre raggiungo il mio orgasmo, stringendo Dmitri forte e tenendolo contro di me.

QUATTRO
DMITRI

L'OSCURITÀ non si è ancora trasformata in luce del giorno. Sadie dorme profondamente, così come Kona, cosa per cui sono grato. Non voglio che la bestia si svegli di soprassalto.

Dopo qualche minuto per riprendermi, sonnecchiando, sgattaiolo fuori dal letto e mi infilo i boxer e la maglietta. Inciampo nel buio, facendo attenzione a non calpestare qualcosa o Kona, che ora si aggira in camera da letto. Sembra che l'abbia svegliata, ma almeno non sta piagnucolando per uscire, svegliando Sadie. Soddisfatta del fatto che non sono qui per intrattenerla, si sistema sul pavimento accanto al letto e si addormenta.

In silenzio, sgattaiolo fuori dalla camera da letto, chiudendo la porta e facendo attenzione a non fare rumore. Non so se Sadie abbia il sonno leggero o meno, ma non intendo scoprirlo adesso.

Chiusa la porta, accendo una lampada da tavolo e do un'occhiata all'appartamento. È piccolo e caratteristico. Tutto è relativamente pulito e ordinato.

Mi aveva accennato a Bearded Bad Boy, il mio avatar nel mondo VR. Deve avere una console in giro per il suo appartamento.

Ho parlato con decine di soci e delinquenti di basso livello nel mondo virtuale, ma nessuno di quelli con cui ho facevo affari era di sesso femminile. Il che porta alla domanda: chi diavolo è Sadie? E come ha fatto a imbattersi in me durante una corsa nella foresta? Non credo alle coincidenze. Se Sadie lavorasse per Mikhail, sarei già morto. Ma forse le è stato ordinato di tenermi d'occhio. E se fosse così, chi l'avrebbe assoldata?

Sospiro, niente di tutto questo ha senso. Mikhail non assume donne per eseguire i suoi ordini. Sono troppo morbide, vulnerabili e inaffidabili.

Mi tocco la cicatrice sulla testa, facendo una smorfia. Non fa più male, se non per il tradimento che mi brucia dentro. La mia famiglia, la Bratva, mi ha tradito. *È stato Nikita a volermi morto? Mikhail? O erano stati Anton e Savannah a spararmi e a lasciarmi morire?* Senza contare gli innumerevoli nemici che mi sono fatto come membro della Bratva.

Cerco silenziosamente nel suo appartamento, dando un'occhiata al piccolo spazio, fino a quando noto che accanto alla televisione è collegata una cuffia VR. La indosso e uso i controller per visualizzare le impostazioni, trovando il nome dell'account dell'utente attualmente connesso al sistema. Non riconosco il nome dello schermo, *AllieInWonderland*. Non ho mai conversato o giocato con *AllieInWonderland*. Come diavolo fa a sapere chi sono? È impossibile stabilire quanto sia nuovo il suo account basandosi solo sul suo nome utente. Ha scaricato una manciata di giochi. Il più recente è Orc Hunter. Clicco sull'applicazione, apro il programma e abbasso il volume, per non svegliare lei o Kona. Do un'occhiata alle impostazioni del gioco. È al livello dodici. È una dilettante. Potrebbe essere una console nuova. Ma perché farsi anche un nuovo account?

Esco dal suo account e carico il mio. Mikhail mi ha convinto a usare il sistema VR, avendo un'interfaccia di chat completamente irrintracciabile.

Mikhail non ha mai conosciuto il mio nome utente. Non era necessario, visto che ero stato incaricato di gestire gli associati. Mi collego all'account. È decisamente presto per connettersi. Qualche mese fa, avrei lavorato al club fino alla chiusura. Per me è come se fossero passati solo pochi giorni.

La voce deve essere arrivata ai soci; devono aspettarsi che io sia morto. Come sarà per loro veder riapparire un fantasma?

Non c'è nessuno che riconosco online, e questo non aiuta la mia situazione. Ho bisogno di soldi e di un'arma per proteggermi. Esco dal VR, non voglio che Sadie sappia chi sono, anche se sembra che questo lo abbia già afferrato. Non riesco a capire come. È come se mi conoscesse senza sapere nulla di me. C'è stata una donna con cui ho conversato online, e non aveva nemmeno un proprio account. Ha usato quello di sua nipote per quasi un mese. Potrebbe essere *lei*? Non ho mai saputo il suo nome. Solo che risiede a New York, il che non restringe molto il campo. Sembrava sexy al microfono, ma non l'ho mai vista.

Riposiziono il set dove l'ho trovato e ricollego il cavo, non volendo che sembri manomesso, anche se sicuramente scoprirà di essere stata loggata via. Se ho fortuna, penserà che si tratti solo di un inconveniente dovuto a un aggiornamento.

Le sue chiavi sono vicino alla porta, insieme alla borsa. Abbandonata. Mi alzo e mi dirigo verso la porta, quando questa si spalanca.

Una ragazzina di circa un metro e mezzo mi fissa. «Sei il ragazzo di mia madre?» mi chiede.

«Il fidanzato di tua madre?» ripeto, stupefatto. Sadie non mi aveva detto di avere una figlia. «Sì, me ne stavo andando.»

Sorride e si mordicchia il labbro inferiore. Giuro di aver visto Sadie fare esattamente la stessa cosa. «Non devi andartene per colpa mia» si chiude la porta alle spalle e lascia cadere la borsa accanto a quella di Sadie. «La mamma non mi ha mai parlato di te» la bambina mi guarda, con un ampio sorriso sul viso.

Mi passo una mano tra i capelli. «Dovrei andare» dico. Non sono particolarmente bravo a mentire, ma non ho bisogno di rovinare il futuro di questa ragazza o di sua madre. La merda in cui sono invischiato è troppo pericolosa per loro.

«A proposito, io sono Allie» mi porge la mano. La bambina ha più buone maniere di molti uomini che hanno il doppio della sua età.

«Piacere di conoscerti, Allie. Io sono Dmitri.»

«Da quanto tempo esci con mia madre?» chiede Allie.

Non ho nessuna intenzione di rispondere alla sua domanda o alle altre che deciderà di farmi. «È tardi. Non dovresti essere già a letto?» non posso pensare che la ragazza sia abbastanza grande per guidare. Come diavolo ha fatto a tornare a casa?

«Non riesco a dormire» dice Allie e si mette a sedere sul divano. La ragazza è sveglia, con gli occhi azzurri e brillanti. «Inoltre, la mia amica in fondo al corridoio si è comportata da vera sciocca, PES.»

«PES?»

«Per Essere Sincera» dice Allie. «È emo e non la sopporto.» La brunetta sgrana gli occhi azzurri e si mette in ginocchio sul divano. «Sei tu il motivo per cui mamma mi ha mandato a casa di quella sfigata? Voleva vedere il suo ragazzo segreto?»

Allie mi odierà. Senza dubbio questa ragazzina non vorrà avere niente a che fare con me quando scoprirà che sua madre è stata licenziata dal lavoro e che il motivo sono io. È meglio così. Dovrei lasciare Sadie e Allie in pace.

«Ci siamo incontrati per caso. Non avevamo programmato nulla per stasera» dico.

I suoi occhi si restringono e annuisce lentamente, come se stesse ascoltando, ma non credesse a una sola parola che esce dalle mie labbra. Non è l'unica. Questa storia del fidanzato è troppo, anche per me. Non mi piacciono le fidanzate. Non ho relazioni. Mi tengo alla larga da tutto ciò che implica un rapporto di amicizia e appuntamenti. Preferisco una bella scopata e poi tornare a casa. Quello che stavo cercando di fare con Sadie, prima che Allie entrasse dalla porta d'ingresso.

Mi schiarisco la gola. «È stato un piacere conoscerti, Allie» afferro la maniglia della porta e la spalanco con uno strattone.

«Te ne vai, sul serio? È una mossa da idioti.»

Dubito che sua madre sia d'accordo che lei usi un linguaggio del genere. «Dovresti andare a letto» le dico.

«Non sei mio padre.»

No, ha ragione. Non sono suo padre. Non sto nemmeno uscendo con Sadie. Siamo solo andati a letto insieme e stavo cercando di sgattaiolare via quando sono stato beccato dalla ragazzina dagli occhi azzurri che ama fare mille e uno domande. La prossima volta, mi scopo una ragazza in albergo o nella sua macchina. Non posso sopportare questo dramma.

«Notte, Allie» la saluto e mi avvio verso la porta d'ingresso.

Poteva andarmi peggio, almeno non è stato il marito a varcare la porta d'ingresso. Sono stato lì, a letto con una donna, e non è stata una notte divertente. È un ricordo che vorrei cancellare.

Mi dirigo verso la metropolitana. Devo attraversare la città, vicino al bar. Voglio vedere se Nikita sta lavorando. Devo vedere se è vivo. Ho qualche dollaro che sono riuscito a borseggiare la notte precedente. Sono sgattaiolato fuori dall'hotel, dopo il tramonto, ho messo al sicuro alcuni portafogli di turisti ignari e sono tornato in camera. Ho abbastanza soldi per coprire il biglietto della metropolitana, il cibo e le spese accessorie fino a quando non deciderò cosa diavolo fare dopo.

Ho gettato i portafogli nella spazzatura, carte di credito comprese. Se avessi saputo che quello stronzo aveva intenzione di buttarmi fuori dalla stanza d'albergo gratuita, avrei usato una delle carte di credito rubate per assicurarmi una nuova prenotazione.

È buio e le strade sono spoglie. I treni passano tutta la notte e quello alla stazione più vicina al suo appartamento arriva proprio mentre mi avvicino al binario. Non ho un grande piano. Tendo a lavorare d'istinto.

Tengo d'occhio l'ora, assicurandomi di arrivare prima della chiusura. Non voglio che Nikita o chiunque altro lavori per la Bratva mi veda.

Dopo il breve tragitto in metropolitana, cammino per diversi isolati fino al locale, nascondendomi nell'ombra della notte. Guardo fuori, vicino all'ingresso posteriore da cui esce sempre Nikita. Potrebbe essere a casa con Lucy e la loro figlio, Zion. È altrettanto probabile che stia dentro fino alla chiusura, soprattutto con due dipendenti in meno, Anton e io.

Hanno assunto dei sostituti per noi? Siamo forse così indispensabili per Mikhail?

Sono quasi le due del mattino, il locale sta chiudendo, gli avventori se ne vanno e il parcheggio si svuota, a parte il SUV di proprietà della Bratva.

Potrebbe essere guidato da Nikita o da qualsiasi altro uomo di Mikhail. Molti di noi hanno accesso ai veicoli intestati alla sua impresa illegale.

Mi nascondo, restando fuori dalla vista mentre l'ultima persona lascia il locale. Il suo abito è pulito, con le chiavi in mano mentre chiude la porta: Nikita Ivanov, uno dei miei fratelli. Non so più nemmeno cosa siamo. Diavolo, mi hanno dato per morto. Nessuno ha pensato di controllare l'ospedale? Trovo l'intera vicenda inquietante.

Le mie mani si stringono a pugno e mi metto a camminare nel parcheggio vuoto, bloccando la porta del lato guida del SUV.

«Sei davvero tu?» ride Nikita e tossisce, la sorpresa è evidente nel suo tono. Ma non riesco a capire se è perché mi volesse morto e io l'ho deluso, o se è sinceramente scioccato dal fatto che mi trovi davanti a lui.

«No, sono un fantasma.»

Lui fa un sorriso ironico e allunga un braccio per abbracciarmi. «Pensavo fossi morto, amico» Nikita fa un passo indietro e si scompiglia i capelli. È nervoso. Gli sono stato vicino abbastanza a lungo da cogliere i suoi tic. Cosa sta nascondendo?

«Sì, ci scommetto» espiro un respiro pesante. Gli lancio un'occhiata. Non sembra messo male, ma non so cosa abbia passato da quel pomeriggio in cui mi hanno sparato.

La mia memoria è annebbiata per quel giorno in particolare, ma tutto ciò che lo ha preceduto è nitido e chiaro. «Che diavolo è successo con Anton e Savannah?»

Si passa di nuovo una mano tra i capelli. Il suo cappotto, perfetto da lontano, ha qualche piega da vicino. È tardi e i suoi occhi sono stanchi. È ovvio che sia esausto e che l'abbia colto di sorpresa. Bene. Preferisco avere un vantaggio, anche se non durerà a lungo. Quando tornerà al complesso, avviserà Mikhail che sono vivo.

«Cazzo, ma quanto tempo fa, sei settimane?» si muove con i piedi. C'è una pesantezza tra noi che incombe e incombe. «Anton ti ha sparato e poi ha sparato a me.»

«È una bella storia» dico, non credendogli. «Perché diavolo avrebbe dovuto spararti e poi lasciarmi nella foresta a morire?»

«Voleva prendermi come ostaggio. Ero ancora vivo» dice Nikita. La sua voce è ferma e incrollabile mentre incontra il mio sguardo.

«Notizia dell'ultima ora, lo ero anch'io.»

«L'ho notato» dice Nikita. La sua mascella si contrae. «Dove diavolo sei stato?»

CINQUE
SADIE

IL LETTO È freddo e vuoto. Dmitri ha deciso di andarsene ieri sera, ora che ricorda il passato? È sposato? Fidanzato? Avrei dovuto chiederglielo, prima di andare a letto con lui. Ma caspita, è stato bello. Era da molto tempo che un uomo non adorava il mio corpo come ha fatto Dmitri. Troppo tempo.

«Mamma?» bussa prontamente Allie, ma non irrompe dalla mia porta come al solito.

«Solo un secondo!»

Mi affretto a prendere il pigiama dal comò e a indossarlo a velocità record. La porta della camera è aperta, ma lei aspetta pazientemente. Più del solito. *Perché?*

Una volta vestita, mi avvio verso la porta e apro la maniglia con uno strattone. «Sei tornata a casa presto.»

Un sorriso complice le orna le labbra. «Ho conosciuto il tuo ragazzo.»

«Cosa?»

Tossisco e mi schiarisco la gola, con gli occhi spalancati. *Merda.*

«Dmitri se n'è andato da molto?» chiedo, passandole accanto per andare in cucina. Ho bisogno di caffè.

«Il russo sexy con un corpo da urlo? Se n'è andato ieri notte.»

«Ieri notte» ripeto, confusa. «Sei tornata a casa ieri sera? Cos'è successo con la tua amica?» chiedo, allontanando la conversazione da Dmitri. Non è il mio ragazzo. Non voglio che Allie si faccia strane idee.

«Abbiamo litigato perché faceva la stupida. Voleva uscire di nascosto per andare a trovare il suo ragazzo. E insisteva che avrei dovuto coprirla. Mi ha lasciata a fare da babysitter ai suoi due fratelli.»

«Non è stato molto gentile da parte sua.»

«Non preoccuparti, mamma. L'ho tradita appena se n'è andata. Ho chiamato sua madre e lei è tornata a casa. Probabilmente, resterà in punizione per il resto della sua vita!» muove il pugno in aria, in segno di vittoria.

«Perché sua madre non era a casa?» chiedo.

«Un appuntamento galante?» Allie alza le spalle. «Il tuo appuntamento è andato bene. Da quanto tempo esci con Dmitri?»

«No, siamo solo amici» non voglio che mia figlia pensi che mi scopo uomini che conosco appena. Quello che è successo tra me e Dmitri non è una cosa tipica per me. Non faccio storie di una notte. Ho sempre insistito per mettere Allie al primo posto. Il che significa che gli appuntamenti sono stati messi in secondo piano. Tra qualche anno andrà al college e non dovrò preoccuparmi di lei.

«Giusto, amici con benefici» dice ridacchiando.

«Allie!» l'avverto. «Basta così.»

«No, non basta, mamma. Mi hai tenuto nascosto il tuo ragazzo.»

La fulmino con lo sguardo.

«Bene, il tuo amico. Quando posso incontrarlo come si deve? Per esempio a cena?»

La ragazza è insistente. Lo ha preso da me, ne sono sicura al cento per cento. Devo incolpare solo me stessa per la sua testardaggine.

«Vedrò se è disponibile questo fine settimana» l'idea di uscire con Dmitri e mia figlia mi fa tremare lo stomaco. Non sono pronta per questo, ma dirle che sono andata a letto con un uomo che conosco appena, è anche peggio. Potrei organizzare un finto appuntamento, se Dmitri fosse disposto ad accettare. Per come la vedo io, lui è in debito con me per averlo aiutato e io ho perso il lavoro per questo. Non che lo biasimi, anzi. È stata una mia decisione, ma il minimo che possa fare è aiutarmi. Ma come faccio a trovare Dmitri? Non so dove stia, dove viva o dove lavori. Non ha un cellulare né un portafoglio, se è per questo. Tuttavia, è riuscito a pagare il biglietto della metropolitana. Sul momento non ci avevo pensato, ma ora sono ancora più confusa.

«Posso andare al centro commerciale con Brooke questo pomeriggio?» mi chiede Allie.

«Sì» rispondo, e afferro la borsa, tirando fuori un biglietto da venti. «Non spenderli tutti in un posto solo.»

Alza gli occhi al cielo. «Con questi ci si compra a malapena il pranzo.»

«Non c'è di che.»

———

Dopo aver affrontato la mia figlia impertinente, mi infilo i vestiti e le scarpe da corsa ed esco dalla porta.

Dmitri è in fondo ai gradini del portico. «Da quanto tempo sei qui fuori?» gli chiedo.

Lui sorseggia il suo caffè, con un'espressione vuota. «Da un po'. Ti avrei offerto una tazza, ma non mi aspettavo di vederti.»

«Attendi un altro appuntamento galante?» scherzo.

La sua fronte si aggrotta. «No» scrolla i piedi e i suoi occhi restano fissi sui miei. «Non mi hai detto che hai una figlia.»

«Non che sia venuto fuori» osservo. «Non ci stiamo frequentando.»

Finisce il caffè e getta la tazzina di carta nel cestino dei rifiuti lì vicino.

«Sto andando a correre» indico la direzione in cui intendo andare. «Puoi unirti a me, se te la senti. Non posso promettere che riuscirai a tenere il mio passo.»

«Mi sembra una bella sfida» biascica.

Inizio con un bel passo lento, per riscaldarmi, e Dmitri mi affianca. «Hai una brava ragazza. Genitore unico?» chiede.

«Sì, il padre biologico non fa parte del nostro quadro» gli lancio un'occhiata prima di riportare la mia attenzione sul marciapiede e dirigermi verso il parco più vicino, a poco più di tre chilometri. «E tu? Hai figli o una moglie di cui dovrei sapere?» mi informo.

Mi sorprende che sia tornato nel mio portico e nel mio appartamento dopo aver riacquisito i suoi ricordi. Perché non è andato a casa?

«Sono single» confessa Dmitri e sorride. «Di solito non mi lego.»

Rido sottovoce. «Lo fai sembrare come se impegnarsi fosse una cosa negativa.»

«È solo che non fa per me» conclude Dmitri, chiarendo la sua posizione.

«Non preoccuparti. Non avevo intenzione di chiederti di sposarmi. È stata solo una notte» dico. Una favolosa notte sconvolgente, ma posso sopportare di essere di nuovo celibe. Del resto sono anni che faccio pratica.

Lui corre accanto a me a passo svelto, i nostri piedi battono sul marciapiede all'unisono. «Dove sei andato ieri sera?» gli chiedo. Non sono affari miei, ma lo chiedo lo stesso, volendo sapere dove fosse scomparso. Se era andato a casa, non si era cambiato.

«Lavoravo in un locale notturno. Sono tornato per vedere se uno dei miei colleghi sapesse qualcosa della sparatoria.»

«E...?»

«Niente» dice Dmitri.

C'è una pesantezza nell'aria e, pur non conoscendolo molto bene, non posso fare a meno di chiedermi se mi stia mentendo. Ma perché dovrebbe mentire? Cosa ci guadagnerebbe?

«Sei andato a casa?»

«No, non ci sono andato» dice, ma non si dilunga oltre. Corre più velocemente. È più che altro uno sprint, mentre io cerco di raggiungerlo.

Se non vuole parlarne, per ora non insisterò sulla questione. Ma non può restare ancora con me, non con Allie nella stanza accanto.

«Dunque, ho bisogno di un favore» gli lancio un'occhiata.

«Ci siamo» borbotta. Corro attraverso il parco; gli alberi coprono il sentiero, rendendolo molto più confortevole del sole che ci batte addosso.

«Allie, mia figlia, non ha mai conosciuto nessuno dei miei ragazzi» tralascio la parte in cui dico che non ho avuto nessun ragazzo, nessuna relazione, nessuna conquista con uomini da quando è nata. È troppo imbarazzante parlarne. Probabilmente penserebbe che avrei dovuto farmi suora o qualcosa del genere.

«Perché?» chiede Dmitri.

«Non voglio far sfilare gli uomini per casa, farli entrare nella sua vita quando non resteranno.»

«Mi sembra giusto» rallenta il passo e io faccio lo stesso per stargli accanto. «Cosa mi stai chiedendo?»

«Vi siete incontrati ieri sera e lei pensa che tu sia il mio ragazzo. Non potevo dirle il contrario.»

«Perché non vuoi che lei pensi male di te?» ipotizza Dmitri.

«Non voglio che pensi che il sesso occasionale vada bene. Ha tredici anni, è giovane e impressionabile. Ha chiesto di conoscere il mio fidanzato e vuole uscire con noi.»

«Fidanzato?» la voce gli si blocca in gola.

«Lo so, è una richiesta importante. Pensa che usciamo insieme e non voglio confonderla, ma se è troppo, posso dirle che ci siamo lasciati...»

«No, lo faccio» dice Dmitri, interrompendomi prima che possa divagare ulteriormente.

«Sei sicuro?»

«Mi hai salvato la vita. È il minimo che possa fare. Cosa le hai detto di noi?» Dmitri rallenta e io faccio lo stesso.

Forse non dovrebbe correre per diversi chilometri. Si è appena ripreso da un coma. «C'è una panchina non troppo lontano. Possiamo andarci a piedi e sederci un po', se vuoi.»

«Va bene.»

Ci dirigiamo verso la panchina e io lo sfioro involontariamente mentre camminiamo insieme. «Non ho detto molto a Allie, anche se probabilmente mi chiederà come ci siamo conosciuti e da quanto tempo stiamo insieme.»

La sua mano si posa sulla mia schiena e io inspiro bruscamente, ricordando il suo corpo avvinghiato al mio, ieri sera.

«Che ne dici di iniziare con la verità?»

Il suo suggerimento è il più sensato, ma non voglio che Allie pensi che abbia portato a casa un ragazzo che conosco appena.

«Non è pronta a sentire che ti ho trovato con una ferita da arma da fuoco alla testa.» Allie è dura e forte, ma non voglio farla preoccupare. «Che ne dici di un compromesso? Le dico la verità: ti ho conosciuto mentre lei era al campo estivo. E se ci chiede qualcosa durante l'appuntamento, puoi chiederle tutto sul campeggio e girare la conversazione su di lei.»

Gli angoli delle sue labbra si arricciano verso l'alto. «Scommetto che l'hai già fatto in passato.»

Pensa che io sia andata a letto con molti uomini e che abbia dovuto nasconderli a mia figlia? «No, questa è la prima volta» non mi dilungo. È già abbastanza imbarazzante pensarci. Non voglio che poi mi prenda in giro.

Prende posto sulla panchina di legno e io mi siedo accanto a lui. Già mi manca il calore del suo tocco sulla schiena. Mi trattengo dall'avvicinarmi e dall'appoggiarmi. Non siamo una coppia. Mi sta facendo questo favore per aiutarmi perché gli ho salvato la vita.

«Rilassati, andrà tutto bene» mi rassicura Dmitri.

«Hai già avuto a che fare con degli adolescenti?»

Si schiarisce la gola. «Non proprio, ma sono sicuro di poter gestire qualsiasi domanda ci faccia tua figlia.»

Dmitri non ha idea di cosa lo aspetti, trattandosi di Allie. «Okay, va bene» dico, forzando un sorriso.

Lui allunga le braccia e le appoggia allo schienale della panchina. È silenzioso, pensieroso, e non posso fare a meno di chiedermi cosa gli passi per la testa.

Il silenzio mi avvolge come una brezza fresca. Le dita di Dmitri mi sfiorano la spalla e poi i capelli. I suoi occhi mi studiano mentre guardo gli alberi davanti a me, il boschetto, ovunque tranne che nel suo sguardo fisso. È troppo rispondere al suo sguardo. È troppo intenso e io non sono pronta per questo. È solo una messinscena la nostra, ma non voglio ammettere che la notte scorsa mi sia piaciuta molto.

Mi piego all'indietro, le sue dita sono forti, calde e la sua presa è dominante, mentre si sposta più vicino e mi tira una ciocca di capelli per inclinare il mio viso verso l'alto e incontrare il suo sguardo.

«Prima di ieri sera, quando è stata l'ultima volta che sei stata con un uomo?» mi chiede Dmitri.

Inspiro affanosamente. «Era così ovvio?» ansimo. L'aria è calda e soffocante e vorrei annegare nella pozza d'acqua più vicina. Diavolo, anche una pozzanghera sarebbe sufficiente.

«Rispondimi, *Malishka*» il suo sguardo è fermo e senza tentennamenti mentre mi fissa, in attesa della mia risposta.

«È passato un po' di tempo» sussurro. Non voglio vergognarmi di aver messo mia figlia al primo posto, ma penserà che sia pazza se ammetto quanto tempo è passato. Troppo tempo è una risposta migliore. È vaga e più che accurata.

«Mesi?» chiede, con voce bassa e rauca.

Mi sposto leggermente, ma più che altro mi contorco sotto il suo sguardo mentre lui mi tiene ferma la testa. Prende il controllo, lo esige, e non ricordo che nessun uomo con cui sono stata a letto si sia mai comportato in questo modo. Oserei dire che è sexy e molto eccitante. O forse è solo perché ha scatenato la bestia addormentata dentro di me.

«Più a lungo?» chiede.

Non si lascia sfuggire la domanda.

«Sì, ma non è un grosso problema. Mi sono concentrata e ho dato la priorità a mia figlia.»

«Ieri sera è stato diverso» Dmitri non è accusatorio. Sta solo mettendo in evidenza i fatti. La sua presa su di me si allenta mentre gioca con i miei capelli. Il gesto calma il mio cuore che batte forte.

«Ieri sera non doveva essere a casa. Le ho fatto passare la notte in fondo al corridoio con un'amica, ma è stato un mio errore» mi bruciano le guance solo a pensare a come deve essere stato quando Dmitri ha conosciuto Allie. «È stato imbarazzante?»

«Cosa?»

«Incontrarla» non l'avevo avvertito di avere una figlia perché non pensavo che l'avrebbe mai conosciuta. Andare a letto con lui non faceva parte del piano, e io tendo a essere troppo organizzata.

Le labbra di Dmitri si incurvano verso l'alto. «È stata una sorpresa, ma credo di essermela cavata abbastanza bene, se pensa che usciamo insieme.»

CONVINCO SADIE A LASCIARMI SCEGLIERE il ristorante, a prenotare e ad andare a prendere le ragazze per una cena sabato sera. Non so perché sono nervoso. Non è un vero appuntamento. Siamo solo amici.

I miei sentimenti per lei non possono essere reali. Mi ha salvato, e sono sicuro che qualsiasi emozione io provi è mescolata a questo e al fatto che è una brava persona. Sadie ha cercato di darmi un posto dove stare, cibo, vestiti e probabilmente avrebbe fatto di più se non fosse stata licenziata, e io le ho confessato che la memoria mi è improvvisamente tornata.

All'inizio è stato difficile mentirle, fingere di non sapere chi fossi. Sto ancora mentendo, mantenendo dei segreti. Non può sapere che sono o meglio, che ero della Bratva. Non so più cosa sono, ma non posso lasciare l'organizzazione criminale russa. È una condanna a vita, nel bene e nel male. E non vedo altra scelta se non quella di immischiarmi nei loro affari. Se Mikhail fosse il responsabile di aver ordinato la mia presunta morte, mi farebbe fuori al primo colpo.

Il club aprirà tra un paio d'ore, ma senza dubbio, qualcuno si occuperà della contabilità ora che Anton non c'è più. *Dove sono spariti lui e Savannah?*

«Sono sorpreso di rivederti così presto» dice Nikita quando entro nel locale.

Le ragazze non sono ancora arrivate. È presto per prepararsi. Il locale è vuoto, a parte una manciata di soci nel seminterrato che contano il denaro riciclato attraverso il club.

«Il mio lavoro è ancora disponibile?»

«Certo» dice Nikita e si acciglia. «Perché non dovrebbe esserlo?»

«È passato un minuto da quando sono entrato in questo posto.»

«Il coma fa questo effetto» dice Nikita. Mi fa cenno di seguirlo nel suo ufficio e io lo accontento. Chiude la porta dietro di noi, lasciandoci un po' di privacy. «Quando torni al complesso?»

«Stasera» non posso stare di nuovo con Sadie. Stare con lei mette in pericolo la sua vita e quella di sua figlia. Non avrei dovuto promettere di portarla fuori sabato sera, ma non posso nemmeno deluderla.

«Bene. Mi sei mancato, fratello.»

«Senti, non so quanto velocemente vuoi che torni al club, ma ho bisogno del sabato libero.»

Nikita piega le braccia sul petto. «È una delle nostre serate più impegnative» sta aspettando che io approfondisca la questione.

«Non te lo chiederei se non fosse essenziale.»

«Hai intenzione di lasciarmi in sospeso?» chiede Nikita, volendo sapere perché abbia bisogno di staccare. È una richiesta insolita. Non abbiamo segreti, ma non sono pronto a dirgli di Sadie. E poi, non sta succedendo niente tra noi.

«A quanto pare» dico con un sorriso ironico. «Consideralo un favore per essere stato colpito e dato per morto.»

Lui sorride e scuote la testa. «Divertente. Farò in modo che tu abbia il sabato libero, ma che non diventi un'abitudine.»

———

Dopo aver lasciato il bar, non ho altra scelta che affrontare il passato e tornare al complesso. Se non lo faccio, Nikita dirà a Mikhail, il capo della Bratva, che sono vivo. Dovrebbe venirlo a sapere da me. *Sono nervoso?* Sarei pazzo a non essere preoccupato, ma non posso restare a New York senza affrontare Mikhail e i suoi uomini. E non sono un uomo che scappa e si nasconde. Ho acquistato una pistola, con metodi non legali, ma mi sto preparando nel caso in cui le cose si mettano male. Sono preparato. E più ripenso a quello che è successo, meno credo che Mikhail abbia organizzato un attentato contro di me. Nikita e io avevamo ricevuto l'ordine di uccidere Savannah e Anton. Abbiamo fallito. Mikhail potrebbe essere arrabbiato per questo, ma se sta dando la caccia a qualcuno, devono essere loro il suo obbiettivo.

Prendo la metropolitana per attraversare la città e poi prendo un servizio di ride-sharing. Mi faccio lasciare a un paio di isolati dal complesso.

Il tempo è bello, eccellente per una giornata estiva. Cammino per gli ultimi due isolati fino a raggiungere il cancello di guardia. Ivan è di guardia e quando mi guarda, gli cade la mascella.

«Merda, è un fantasma che vedo» dice Ivan e si strofina gli occhi prima di uscire dalla cabina. «Dove diavolo sei stato?»

«Lasciato a morire» dico. Ho la bocca secca e il cuore mi batte contro la cassa toracica. Forse dovrei escogitare un altro piano, una storia diversa, per tenere Sadie fuori da questo pasticcio. Del resto, Mikhail non chiederà dove sono stato? Avrà delle domande.

Ivan mi fissa, stupefatto, prima di scrollarsi di dosso le ragnatele mentali. «Mikhail si cagherà addosso» dice Ivan.

Io faccio un sorriso ironico. «Sarebbe uno spettacolo da vedere.»

Ivan mi guarda, convinto che non sia un danno per la famiglia. Dopo tutto, sono uno di loro. Apre il cancello, permettendomi di entrare.

«Fammi un favore: non chiamare dentro. Vorrei fare una sorpresa a Mikhail.»

«Cazzo, stai cercando di farmi licenziare?» chiede con una risata nervosa. Il sudore gli cola dalla fronte.

Perché diavolo è così nervoso? Il mio stomaco fa le capriole. Sono contento di non aver mangiato molto oggi.

«Non sarà una sorpresa se annuncerai che sono a casa» dico.

«Mi sembra giusto» Ivan mi guarda mentre percorro il vialetto di pietra e salgo le scale d'ingresso. Non ho la chiave, ma la serratura della porta è dotata di un lettore di impronte digitali installato nell'ultimo anno.

Sollevo la mano, l'indice destro contro il lettore e questo scatta in posizione di sblocco. Apro la porta e la vernice fresca e l'odore di pulito mi bruciano le narici. Quale casino è stato ripulito questa settimana?

I miei passi non sono invisibili. Non sono affatto silenzioso, né cerco di esserlo mentre do un'occhiata al complesso. Le voci dei bambini entrano nel corridoio dalla sala giochi, insieme alle risate.

Madisyn e Lucy stanno chiacchierando, ma non riesco a distinguere bene di cosa, non che abbia importanza. Non sono qui per origliare.

Mi avvicino all'ufficio di Mikhail, ma è vuoto. Potrebbe essere ovunque. Ma presumo che sia a casa, altrimenti Ivan avrebbe detto il contrario.

«Dobbiamo assumere una tata» sento la voce di Mikhail dalla stanza dei giochi. «E la avremmo, se ti piacesse una delle candidate che abbiamo intervistato» dice Madisyn.

Mi dirigo verso la porta aperta, restando di guardia fuori dalla stanza, osservando i due piccioncini interagire.

«Dmitri!» gli occhi di Mikhail si illuminano e un sorriso gli sfiora i lineamenti. Non riesco a capire se è perché l'ho salvato da qualsiasi conversazione in cui era coinvolto con Madisyn o se è sollevato per il fatto che io sia vivo.

«Sono tornato» dico con un sorriso forzato. «Vi sono mancato?»

«Pensavamo fossi morto» la voce di Lucy è morbida e fragile. Ha le sopracciglia aggrottate e si morde il labbro inferiore, come se stesse cercando di non piangere. Merda. Non sono mai stato così amico di nessuna delle signore, ma questo non significa che la mia presunta morte non le abbia colpite duramente.

«Già, una storia divertente» non sfioro nemmeno un sorriso. «Sono stato dato per morto, portato in ospedale come sconosciuto e sono rimasto in coma per diverse settimane.»

«Wow» sussurra Lucy, con la bocca aperta e gli occhi spalancati.

Madisyn colpisce il braccio di Mikhail. «Te l'avevo detto!» lo rimprovera. «Niente corpo, niente funerale. Ma tu non mi ascolti.»

«Hai fatto un funerale per me?» mi muovo in piedi, a disagio per le misure estreme a cui Mikhail è andato incontro quando ero presumibilmente morto. *Cosa diavolo hanno seppellito se non c'ero io nella bara?*

«È stata solo una piccola funzione» dice Mikhail e fa un cenno di disapprovazione. «Basta riguardo al grave errore. Sei tornato e hai un aspetto terribilmente bello per essere un uomo morto» mi fa cenno di seguirlo nel suo ufficio. Probabilmente, è meglio così. I bambini non hanno bisogno di sentire quello che ho passato.

«Ho dormito per diverse settimane» dico.

«Ci credo» borbotta Mikhail. «Abbiamo fatto setacciare i boschi ai nostri uomini, ma nessuno ha recuperato un corpo. Immagino sia perché qualcun altro ti ha trovato per primo» chiude la porta del suo ufficio dopo che l'ho raggiunto, lasciandoci un po' di privacy.

«Qualche notizia su Anton o Savannah?» chiedo.

«Niente» si siede sul bordo della scrivania. «Hai idea di dove possano essere andati?»

«No. Mi hanno dato per morto. Non posso dire di sapere dove siano spariti.»

Gli occhi di Mikhail tremolano. «Sospetti il coinvolgimento di Nikita?» chiede.

Scuoto la testa. Non ho intenzione di venderlo quando la colpa potrebbe non essere sua. «Trovo solo strano che io sia stato lasciato nella foresta a morire e Nikita sia tornato a casa.»

«Nikita è stato portato in ospedale e mollato lì. Giura di non ricordare di esserci arrivato e di non sapere dove Anton sia sparito con Savannah.»

I conti non tornano. «E nessuno ha chiesto informazioni su altri pazienti colpiti da arma da fuoco?» chiedo.

Mikhail ha la mascella serrata e le mani strette a pugno sui fianchi. «Stavamo cercando di limitare i danni. La polizia strisciava dappertutto nella stanza d'ospedale di Nikita. Immagino abbiano fatto lo stesso con la tua.»

«Quindi sapevi che ero vivo?»

«Ho sentito di uno sconosciuto portato in ospedale e che non pensavano ce l'avrebbe fatta. Ho pensato che fossi tu, finché non ho visto una ragazza dai capelli scuri parlare con il medico. A quel punto, ho pensato che il paziente non fosse più un *John Doe*.»

«E non siete venuti a cercarmi?»

«Ho fatto perlustrare la foresta da una mezza dozzina di uomini, ma quando Nikita ha finalmente potuto dirci cosa era successo, le prove erano state spazzate via dalla pioggia e di te non c'era più traccia.»

Non sono amareggiato per questo. Mikhail ha fatto ciò che riteneva giusto. È stata una decisione difficile e dobbiamo convivere con le conseguenze. Quel giorno abbiamo perso Anton. Anche se non è morto, è stato tagliato fuori dalla famiglia.

«Hai un bell'aspetto per essere un uomo morto» dice Mikhail, spingendosi dalla scrivania. Prende una bottiglia di whisky dal mobile. «Vuoi bere qualcosa?»

Mai rifiutare un'offerta del pakhan, alcolici compresi. «Certo» rispondo.

Ci versa un bicchiere a testa e beve il primo sorso. Io lo seguo, non che pensassi che mi avrebbe avvelenato. Se mi avesse voluto morto, mi avrebbe già piantato una pallottola in testa.

«Dove hai alloggiato?» chiede Mikhail, facendo roteare il liquido ambrato prima di berne un sorso.

«A parte l'ospedale? Con un nuovo amico» non mi dilungo.

«Ha un nome?» si informa Mikhail. Non si lascia mai sfuggire nulla.

Non avevo previsto di nominarla. Non c'era motivo di parlarne. «Sadie» sussurro, abbassando lo sguardo sul liquido ambrato. Sollevo il bicchiere alle labbra e lo ingoio tutto d'un fiato.

«Sadie» ripete Mikhail. «Te la stai scopando? Perché Luka e Hannah si sposeranno tra un mese e il suo bel culetto potrebbe essere la spiegazione perfetta di dove sei stato.»

Lascio a Mikhail il compito di trovare un modo per pararsi il culo.

Mi siedo alle sue parole, lasciandomi cadere sulla sedia di pelle di fronte alla sua scrivania. «Cosa stai suggerendo?» non mi piace come funziona la mente di Mikhail, che mi suggerisce di mentire ai miei fratelli Bratva.

«Portala al matrimonio, falla sfilare in giro. E quando gli altri te lo chiederanno, e inevitabilmente lo faranno, dirai loro che sei stato con lei. Sarete una coppia o quello che vuoi fingere.»

Non posso credere di aver sentito bene Mikhail. «Vuoi che porti qui Sadie con un pretesto?»

«Non qui» dice, gesticolando verso il suo ufficio e i dintorni. «Ma in generale, sì. Voglio che partecipi al matrimonio, almeno a una cena precedente e forse a un pranzo con le ragazze. Perché, diciamocelo, se la porti solo al matrimonio, nessuno crederà che voi due facciate sul serio.»

———

Sono passati tre giorni da quando ho visto Sadie l'ultima volta. Mi sento ancora in colpa per la perdita del lavoro. Ho due opzioni: presentarmi all'hotel e minacciare il direttore che l'ha licenziata o darle un posto dove lavoro io. La seconda opzione è un po' più impegnativa, dato che implica lavorare per la Bratva. E anche se non voglio coinvolgerla nei miei casini, è un po' troppo tardi ormai. Non le ho ancora detto che ho bisogno che sia la mia finta fidanzata per un matrimonio della Bratva. Piccoli passi.

L'ultima volta che ho visto Sadie prima che le nostre strade si separassero, le ho fatto scrivere il suo numero di telefono. Da allora, ho preso un cellulare e le ho scritto l'ora in cui sarei andato a prenderla. Spesso le mando un'emoji o lei mi manda una foto stupida. Proprio ieri sera, mi ha chiesto se mi piacesse il colore Sassy Sangria, con cui si era dipinta le unghie dei piedi. Era molto rosa, ma la ragazza è in grado di indossare qualsiasi cosa e di essere splendida. Non ho mai avuto un feticismo per i piedi, ma i suoi sono davvero sexy.

Staremo anche fingendo di avere una relazione, ma dal punto di vista di Allie sembrerebbe strano se non comunicassimo.

Salgo le scale che portano al suo appartamento e premo il citofono. Con i fiori in una mano, aspetto che mi faccia entrare nel palazzo. Salgo al suo piano e lei ha già la porta d'ingresso socchiusa.

«Sadie?» busso mentre la porta si apre.

«Entra» mi chiama dall'interno dell'appartamento.

Allie è seduta sul divano e mi fissa. Mi guarda in alto e in basso, si alza e si avvicina a me. «I fiori sono per me?» chiede compiaciuta.

Le porgo un piccolo bouquet premuto contro quello più grande per Sadie. «Questi sono per te.»

Socchiude le labbra. La sorprendo. «Grazie» prende il mazzo misto di margherite colorate e lo porta in cucina. «Mamma!» grida Allie da una parte all'altra dell'appartamento. «Dove sono i vasi?»

«Sopra il frigorifero, nell'armadietto» dice Sadie, ma non grida. Gira l'angolo della cucina indossando il vestito nero più carino e sexy, e allo stesso tempo modesto, che abbia mai visto. Le abbraccia i seni, ma la copre, lasciando alla mia immaginazione il compito di stabilire se indossa un reggiseno e come potrebbe apparire sotto il vestito. Raso? Pizzo? Preferisco pensare che non indossi biancheria intima. La gonna si allunga verso l'esterno e si ferma appena sopra le ginocchia. Dando le spalle al salotto, si appoggia al divano come sostegno mentre infila i tacchi. Cosa non darei per essere su quel divano in questo momento, accoccolato contro il suo corpo caldo.

Mi schiarisco la voce e mi offro di aiutare Allie, visto che sono alto un bel po' più di lei. «Ecco, lascia fare a me» raggiungo il mobile sopra il frigorifero. Ci sono bottiglie di alcolici e un vaso di cristallo trasparente.

«E per i miei fiori?» si lamenta Allie. «Non posso condividere il vaso della mamma. Ne abbiamo un altro?» il suo sguardo si posa su Sadie.

Sadie si infila i tacchi. «Le hai portato dei fiori?» un sorriso le adorna il viso e le guance sono rosee. Non riesco a capire se è il trucco o se stia arrossendo.

«Ho portato dei fiori a entrambe» le mostro il bouquet che ho in mano e che è per lei.

«Sono bellissimi» dice Sadie, ammirando il bouquet. «Hai trovato il vaso. Puoi metterli nell'acqua mentre io cerco qualcosa per i fiori di Allie?»

Allie apre il cassetto superiore e mi porge un paio di forbici. Apro il lavandino e taglio gli steli sotto l'acqua corrente prima di riempire d'acqua il contenitore di cristallo e mettere i fiori di Sadie nel vaso.

Sadie apre il mobile in basso sotto il lavandino e prende una bottiglia di vetro vuota. Passa il contenitore vuoto a Allie. «Tieni, usa questo.»

«È imbarazzante questo, mamma.»

Sadie ride sottovoce e le guance le bruciano ancora di più. Non è il trucco a scaldarle la pelle. «Anche il tuo atteggiamento lo è.»

«Chissene» dice Allie. Prende la bottiglia di vetro e taglia i gambi per far entrare i fiori.

Sadie mi chiede scusa con la bocca. Scommetto che, probabilmente, Sadie era come Allie da bambina. Sfiduciata. Indipendente. E che non si faceva fregare da nessuno.

«Siete pronte per la cena?» chiedo.

Allie esce dall'appartamento e si dirige verso l'ascensore. Preme il pulsante e aspetta che l'ascensore arrivi, mentre Sadie chiude la porta. Aspetto accanto a Sadie e la mia mano si posa sulla sua schiena, tenendola stretta.

«Grazie» sussurra.

Non le chiedo per cosa. Lo stratagemma non è ancora finito. Abbiamo un'intera notte da passare e non è che abbiamo pianificato qualcosa. Ci siamo messaggiati qualche volta, ma niente di concreto.

Il posto è a pochi passi dal suo appartamento, un paio di isolati a nord. Una volta usciti dall'edificio, Allie ci precede mentre io infilo la mano in quella di Sadie. «Va bene così?» chiedo.

«Sì» risponde lei con un timido sorriso. «Ma lei è davanti a noi.»

«Sono sicuro che prima o poi si girerà» ribatto. «Dobbiamo far sembrare convincente il fatto che stiamo insieme.»

Sadie si stringe il labbro inferiore tra i denti.

«Cosa c'è?»

«È passato molto tempo dall'ultima volta che sono uscita con qualcuno.»

«Fai finta di uscire con qualcuno» sussurro, ricordandole che è tutto un gioco per evitare che Allie sappia la verità.

E qual è, esattamente? Che Sadie mi ha portato a casa e siamo andati a letto insieme? Non c'è nessun crimine in questo, e lo saprei, visto il numero di reati che ho commesso. Quello che abbiamo fatto non è nemmeno illegale nella maggior parte degli Stati. Ho fatto sesso più perverso. Non che fosse noioso in assoluto, ma era... vaniglia. Una vaniglia molto deliziosa e coinvolgente. Cosa non darei per poter leccare un vero gelato alla vaniglia...

Sadie mi schiocca le dita in faccia. «Dmitri, hai sentito una parola di quello che ho detto?»

Merda.

«Scusa» mi scuso, sorridendo in modo peccaminoso. Mi avvicino e le mie labbra sfiorano il suo orecchio. «Stavo solo pensando a tutte le cose che mi piacerebbe leccare dal tuo corpo nudo.»

I suoi occhi si allargano e le guance e le orecchie diventano rosse. La ragazza non riuscirebbe a nascondere l'imbarazzo nemmeno se ci provasse.

È carina e sexy da morire. Scommetto che anche il suo petto è arrossato. Mi piacerebbe vedere quel colore su tutto il suo corpo nudo.

Sadie si schiarisce la voce e mi stringe forte la mano. Come se volesse riportarmi alla realtà. Dannazione. Le fantasie erano divertenti ma fugaci.

«Per quanto tempo dobbiamo fingere di uscire?» chiede Sadie. La sua voce è morbida, appena superiore a un sussurro. «Solo stasera, giusto?»

«Dammi tre appuntamenti.»

«Cosa?» i suoi occhi si allargano e fa un po' troppo rumore, visto che Allie si gira e lancia un'occhiata a noi due.

«Tutto bene?» chiede Allie.

«Sì, la Margherita è all'isolato successivo» dice Sadie.

«Margherita?» ripeto. Ho lasciato che Sadie scegliesse il ristorante, dato che non ero sicuro di cosa avrebbe mangiato sua figlia.

Cazzo. Margherita è di proprietà della mafia italiana. Non posso metterci piede senza scatenare la prossima guerra. E ora che sono tornato a lavorare per la Bratva, devo fare attenzione.

«Che ne dite se vi porto entrambe in un posto un po' più elegante?»

«Da Margherita è già abbastanza elegante. E poi» dice abbassando la voce, «non so come pensi di pagare la cena, e io ho appena perso il lavoro.»

«Sto lavorando al club, dove lavoravo di notte. La paga è buona, non preoccuparti, è un mio regalo.»

«Allie» grido e le faccio cenno di tornare indietro per parlare della cena.

Lei corre verso di noi. «Sì?»

«Margherita è troppo americanizzato per essere cibo italiano» non voglio spaventarla e dirle che è gestito dalla mafia italiana. Voglio dire, come si fa a saperlo se non si è collegati a essa in qualche modo?

«A me piace» dice Allie, alzando le spalle.

«C'è un ristorante di pesce dall'altra parte della strada e una steak house nell'isolato successivo. Ti va bene uno dei due?» spero che la piccola non abbia intenzione di prendere una pizza, perché non ci sono buone pizzerie nelle vicinanze.

«Adoro i frutti di mare» gli occhi di Allie si illuminano.

Guardo Sadie, sperando che anche lei sia d'accordo. «Per me va bene.»

Al prossimo incrocio, ci dirigiamo verso il ristorante di pesce e, pur non avendo prenotato, ho fatto affari con il proprietario in passato e ci fanno accomodare subito.

«Non c'è da aspettare?» mi sussurra Sadie all'orecchio. Alza un sopracciglio. «Chi sei?» mi stuzzica.

Allie non sembra accorgersene e, mentre ci accompagnano ai nostri posti, si siede al tavolo prima che io riesca a porgerle la sedia. Tiro fuori la sedia di Sadie e lei si accomoda. L'aiuto a spingerla verso il tavolo.

Mi siedo al tavolo e do un'occhiata al menu, concedendomi un momento di tranquillità prima dell'inizio dello spettacolo. Finora si trattava del pre-spettacolo, dell'antipasto. Ora, è il momento di giocare.

Quando il cameriere arriva al tavolo, prende prima l'ordine di Allie e poi quello di Sadie. Sono grato di essere l'ultimo, perché ci sono diversi piatti che sembrano deliziosi. È passato un po' di tempo dall'ultima volta che ho mangiato qui. Alla fine, scelgo il branzino scottato con polpa di granchio e salsa creola. Non l'ho ancora provato, ma tutto ciò che ho mangiato qui è da urlo.

Appena il cameriere se ne va, Allie mi assale con le sue domande. «Come vi siete conosciuti tu e la mamma?» la ragazza sa come mettermi alle strette. Sarebbe un'ottima interrogatrice.

Lancio un'occhiata a Sadie. Avremmo dovuto discutere i dettagli prima della cena e del nostro finto appuntamento.

«Al parco. Tua madre stava facendo jogging e io mi sono fatto male. Mi ha aiutato» dico. Sadie avrà detto qualcosa a Allie su di noi?

«È per questo che hai quella cicatrice?» indica la mia fronte. Sembra ancora fresca, ma probabilmente dev'essere un po' sbiadita dopo l'incidente. Ho delle cicatrici più vecchie che lei non può vedere, quelle sul petto, quando mi hanno pugnalato da adolescente, quando mi sono indebitato per la prima volta con la Bratva.

Il lavoro che svolgo è pericoloso. Lo sono anche le persone che frequento, ed è per questo che ho giurato che non avrei mai coinvolto nessun altro. Ed eccomi qui, a cena con Sadie e Allie. Nessuno farà del male alle ragazze mentre siamo qui. Non devo guardarmi le spalle o la cucina costantemente. Probabilmente, avrebbero avvelenato il nostro cibo se avessimo mangiato dagli italiani.

«È così» dico. Le bugie più dirette sono quelle costruite intorno alla verità. «E tu?» chiedo, girando la domanda su di lei. «Hai un fidanzato?»

Allie si stende il tovagliolo di stoffa sulle ginocchia. «No.»

«Una fidanzata?»

«No, ma è molto moderno da parte tua chiederlo. Mi piaci già» dice Allie. Sul suo volto compare un enorme sorriso.

È tutto qui? Avrei pensato che sarebbe stato molto più difficile.

«Dato che stiamo facendo domande personali» dice Allie. C'è un luccichio nei suoi occhi. Non so cosa stia per succedere, ma sospetto che dovrei essere nervoso. «Sei il primo uomo che la mamma ha portato a casa in assoluto. Che intenzioni hai?»

«Allie!» Sadie rimprovera la figlia.

«Devo badare a te» dice Allie, incrociando le braccia sul petto. È molto protettiva.

Io faccio una smorfia. «Non c'è problema. Capisco la tua preoccupazione» cerco di tranquillizzare la figlia. «Tengo molto a tua madre» di nuovo, non è una bugia. È facile ammetterlo, visto che è una persona così buona. Mi ha aiutato immensamente. Non le devo forse lo stesso contraccambio?

«Ma quali sono le tue intenzioni?» insiste Allie, gesticolando con le mani. «Hai intenzione di sposarla?»

«Basta così!» le guance di Sadie bruciano e i suoi occhi sono luminosi e spalancati. «Mi dispiace, Dmitri. Non so cosa prenda a mia figlia.»

«No, va bene» mi sforzo di rimanere calmo. «Capisco da dove viene. Vuole essere sicura che non farò del male a voi due. E ti prometto che farò di tutto perché ciò non accada mai.»

«Dmitri» il tono di Sadie è un avvertimento.

La farsa dovrà finire, prima o poi. Lo facciamo solo per evitare che Allie sospetti quello che è successo. La bambina non deve sapere che sua madre era ubriaca e che io non sono un granché come gentiluomo. Non l'ho costretta a fare sesso. Non sono un mostro. Ma i miei desideri vincono sempre.

«Io e Dmitri stiamo prendendo le cose con calma» dice Sadie. «Non vogliamo affrettare i tempi.»

«Tranne che per il letto» commenta Allie.

A Sadie cade la bocca, scioccata dall'osservazione della figlia. «Quando saremo a casa...»

Bevo un sorso d'acqua e mi schiarisco la gola, interrompendo la minaccia di Sadie. «Basta così, Allie. Devi mostrare un po' più di rispetto a tua madre.»

L'adolescente alza gli occhi, non che mi aspettassi un ringraziamento. «Non credo che tu mi piaccia più molto.»

Faccio spallucce, per nulla infastidito. «Non c'è problema. Non devo piacerti per forza. Alla maggior parte delle persone non piaccio. Ci sono abituato» dico con un po' troppa leggerezza.

Sadie aggrotta le sopracciglia. Vorrebbe chiedere spiegazioni sul mio commento, ma ci ripensa. La sua lingua schizza fuori e la passa sulla punta del labbro.

Le tendo la mano e lei la prende, stringendo la mia. È più una stretta di amicizia, senza le nostre dita intrecciate.

«Mamma, è uno sfigato. Dovresti lasciarlo per il cameriere. Ha degli occhi da sogno.»

«È un po' troppo giovane per i miei gusti. Preferisco gli uomini più maturi, con un po' di esperienza.»

«Che schifo» Allie arriccia il naso e chiude gli occhi. «È disgustoso.»

«Allora smettila di cercare di scegliere i miei appuntamenti per me. Sono perfettamente soddisfatta di Dmitri.»

«Perfettamente soddisfatta?» non mi piace come suona. Dovrebbe urlare sul tetto quanto è bello il sesso e che non vuole altri uomini all'infuori di me. Che nessun altro è paragonabile. Le stringo la mano con un sorriso. «Questo significa che c'è spazio per migliorare.»

Sadie stringe le labbra, con le guance arrossate. «Soddisfatta è un bene. Significa che sono felice.»

Da quando sono andato a prenderla, ho perso il conto delle volte in cui l'ho sorpresa ad arrossire. Perché?

«Voi due siete disgustosi» commenta Allie. Prende il suo bicchiere d'acqua e lo fa roteare come se fosse un bicchiere di vino. «Sono contenta che la mamma non mi abbia mai invitato a uscire con lei prima d'ora, perché voi due siete FD.»

«FD?» chiedo.

«Fottutamente disgustosi» risponde Allie.

«Allie!» Sadie rimprovera la figlia, ma l'adolescente si limita a fare spallucce.

«Che c'è? L'ha chiesto lui, mamma. Non avrei detto "fottutamente", se non l'avesse chiesto.»

Sadie si costringe a sorridere mentre fissa il mio sguardo. «Sei sicuro di voler uscire con qualcuno che ha un'adolescente?»

È la via di uscita più semplice quella che mi ha appena dato, ma non ho intenzione di coglierla. Non abbiamo ancora parlato di come rompere la nostra finta relazione, ma non sarà per sua figlia. È l'idea peggiore in assoluto.

«Non esco con te per via di tua figlia» le dico. È una vera e propria bugia. L'intera ragione per cui siamo a questo finto appuntamento e in una finta relazione è a causa di Allie. Anche se l'appuntamento mi sembra reale. È solo un po' diverso da quello a cui sono abituato. Non sono mai uscito con una donna con un figlio prima d'ora, figuriamoci con una che ha un'adolescente. Allie mi sta invecchiando rapidamente.

La maggior parte delle volte, con le donne con cui esco, si tratta più che altro di rimorchiarle in un bar per una dose di preliminari piccanti e sesso. Non ci sono cene e pranzi con il mio solito pubblico. E non hanno mai più di ventitré o ventiquattro anni. Tendo ad andare verso le donne che non vogliono un impegno. Che preferiscono essere libere, single e in cerca di una notte di divertimento. È un vantaggio per tutti, secondo me.

Sadie non ha ammesso di volere qualcosa di più, e perché dovrebbe? Non è una cosa reale. I suoi sentimenti sono una recita. Il rossore sulle sue guance è probabilmente dovuto al fatto che è nervosa per aver mentito a sua figlia.

Dopo la cena e il dessert, accompagno le ragazze all'appartamento di Sadie. «Non potete entrare» dice Allie mentre ci avviciniamo all'edificio. «Lo stanno disinfestando.»

È una palese bugia. La ragazza non sa mentire, il che probabilmente è una cosa buona, per il bene di Sadie.

«È così?» chiedo. «Di certo, non dovresti entrare neanche tu, se c'è la disinfestazione. Non è sicuro.»

Allie guarda la madre in cerca di aiuto.

«Questa volta te la devi cavare da sola» dice Sadie con un sorriso maligno.

L'adolescente storce il naso, sgrana gli occhi e si avvia verso l'ingresso dell'appartamento.

«Ti offrirei di entrare, ma forse non è una grande idea» dice Sadie.

La tiro contro di me. Con una mano le circondo la vita e con l'altra le spingo indietro i capelli dal viso. «Ci sta guardando» dico, e do un'occhiata alla finestra dell'atrio.

«Oh» sussurra Sadie. «Allora credo che dovremmo baciarci.»

Non è la prima volta che ci baciamo, ma è la prima volta che siamo entrambi completamente sobri. Mi avvicino ma mi fermo, abbastanza da farle finire la distanza mentre la stuzzico. Le mie dita si intrecciano con i suoi capelli e i suoi occhi si posano sulle mie labbra. Sospira dolcemente e abbassa la testa verso di me. È come un fuoco d'artificio. Il calore che emana mi attraversa e mi fa battere il cuore nel petto.

La attiro contro di me, stretta, con la voglia di sentire ogni centimetro del suo corpo. Ci perdiamo insieme, le sue dita sulla mia nuca, stuzzicando il mio colletto. Giuro che la sento fare le fusa quando le mie labbra si spostano sul suo collo. «Dovremmo... non posso lasciarti entrare. È così che abbiamo dato vita a tutto questo casino.»

Ha ragione, e odio dover ascoltare e accettare le sue condizioni. Cosa non darei per piegarla e spingere il mio cazzo dentro di lei perché tutto il mondo lo veda.

Mi chino, la assaggio un'ultima volta, mordicchio il suo labbro inferiore, lo stringo tra i denti prima di lasciarlo andare. Un altro gemito. Probabilmente le sue mutandine sono bagnate.

Il mio cazzo si agita e mi dispiace staccarmi, ma devo farlo, prima di mettere in imbarazzo entrambi.

«Passa una buona serata, *Malishka*.»

SETTE

SADIE

IL CUORE mi rimbomba contro la cassa toracica mentre chiudo la porta dell'appartamento. Mi appoggio al legno, lasciando che mi sorregga. Le mie gambe sono molli come gomma per il bacio con Dmitri. Perché ho pensato che baciarlo davanti al portico fosse una buona idea?

Allie è sul divano, con la televisione accesa, e mi ignora. È meglio così. Ho bisogno di un minuto per riprendermi, perché una doccia fredda sarebbe troppo ovvia.

Mi dirigo verso il frigorifero, l'aria fredda mi aiuta un po' mentre prendo una bottiglia di vino. Dmitri non aveva ordinato alcolici durante la cena. Non si era nemmeno offerto di farlo. Era perché non si trattava di un vero appuntamento? O forse aveva più a che fare con la presenza di Allie a cena?

Allie mi ha visto bere un bicchiere o due di vino. Non mi sono mai ubriacata con mia figlia. So che è meglio che non mi faccia vedere distrutta dopo una serata con gli amici. A quel punto, di solito, le faccio passare la notte da un'amica o dai vicini, così che possa rilassarmi. Il che ha solo peggiorato le cose.

Mi sfilo i tacchi, lascio il telefono sul bancone e mi verso un bicchiere di rosso. Il sapore è dolce e succoso. Delizioso.

Domani dovrò darmi da fare per trovare un nuovo lavoro. Ho passato gli ultimi giorni a fare domande e a riordinare il mio curriculum, ma presto avrò bisogno di soldi per pagare le bollette.

Appoggio il bicchiere di vino sul tavolo della sala da pranzo e prendo il portatile, portandolo con me per sedermi. Mi metto al computer, apro il browser e do un'occhiata alle offerte di lavoro. Allie sembra essere appassionata di qualsiasi reality show romantico stiano trasmettendo ora.

Ci sono un paio di annunci per lavori d'ufficio, un bar e uno strip club. Rinuncio allo strip club, ma potrei lavorare in un bar. Ho fatto la barista anni fa. Non era uno dei miei lavori preferiti, ma pagava le bollette. Annoto le informazioni su un pezzo di carta. L'annuncio dice di fare domanda sul posto e che non accettano curriculum online. Quanto è vecchio stampo questo bar?

«Esco un attimo» dico, chiudendo il computer e mettendo via il resto del bicchiere di vino. Non voglio essere brilla quando mi presento e chiedo una candidatura, anche se non è che mi faranno un colloquio.

«Esci di nascosto per stare con il tuo ragazzo?» sogghigna Allie.

«Non devo uscire di nascosto. Sono un'adulta.»

«Come vuoi. Sto guardando il mio programma, tanto» mi saluta, con lo sguardo rivolto alla televisione.

È sabato sera. Il bar deve essere pieno di clienti. Digito l'indirizzo sul telefono e prendo una copia cartacea del mio curriculum, infilandola in una cartelletta di pelle. Indosso ancora il mio vestito nero, che è abbastanza presentabile per una candidatura. Non è proprio un abbigliamento da colloquio, ma almeno non sono in jeans e maglietta. Prendo un blazer per dare un tocco di classe all'insieme.

«Ok, ciao» dico. È un sollievo che non faccia altre domande perché, a un certo punto, dovrò dirle che ho cambiato lavoro, cosa che preferirei avvenisse una volta trovato un altro impiego.

Esco di corsa dall'edificio e mi dirigo alla metropolitana, prendendo il treno che attraversa la città. Sono un paio di isolati e si sta facendo buio, ma le strade sono ben illuminate. A quest'ora c'è abbastanza traffico pedonale da non farmi sentire isolata. È relativamente sicuro.

Controllo due volte sul telefono l'indirizzo del bar prima di guardare davanti a me e vederlo. Mi precipito dentro, superando il buttafuori. Non si preoccupa di controllare i miei documenti. Non so se sentirmi offesa o lusingata. La musica è alta e pulsa nel locale. C'è una folla al bar e non voglio interrompere il barista mentre è occupato.

Guardo di nuovo il buttafuori. «Ehi, volevo fare domanda per lavorare qui. Ho visto dall'annuncio online che state assumendo.»

Mi guarda da capo a piedi e non accenna minimamente a quello che gli passa per la testa. «Siamo occupati» il suo accento è denso, italiano.

«Lo so. Per questo penso di poter essere d'aiuto» dico. «Ho fatto la barista e la cameriera. Ho anche lavorato in un hotel e so gestire i vari problemi con i clienti. Imparo in fretta e sono veloce. Sto solo cercando di fare domanda.»

Tira fuori un walkie-talkie dal passante della cintura. Non mi ero nemmeno accorta che ne avesse uno attaccato al fianco. «Capo, una ragazza sta cercando lavoro qui.»

«Mandala nel mio ufficio» risponde una voce italiana attraverso il walkie-talkie.

Il buttafuori indica il retro del locale. «Segui il corridoio sul retro. È da quella parte.»

Seguo le sue indicazioni e arrivo a una porta di vetro smerigliato leggermente socchiusa. Busso con decisione e la porta si apre.

«Entra» mi dice un uomo italiano. Mi fa cenno di raggiungerlo nel suo ufficio.

Entro e chiudo la porta, il rumore e la musica chiassosa scompaiono nella stanza. «Avete una bella insonorizzazione, qui dentro» osservo.

«Non posso lasciarmi distrarre» lui fa un sorriso falso. Sono solo convenevoli. Non credo che gli importi di me, o forse non gli importa che io sia qui.

«Non volevo venire senza preavviso. Speravo di poter compilare una domanda per un posto di lavoro nel vostro locale. Ho notato che avete un posto da barista. Ho cinque anni di esperienza in quel ruolo.»

«È questo il suo curriculum?» mi chiede.

Guardo la targhetta sulla scrivania: Antonio Moretti. Ha gli occhi più scuri che abbia mai visto, anche se la colpa potrebbe essere della scarsa illuminazione.

«È così» dico, e apro la cartelletta di pelle, porgendogli la spessa carta avorio con i miei dati.

«Perché vorresti lavorare qui?» mi chiede Antonio.

«Per come la vedo io, avete bisogno di me. Il vostro barista è occupato, e sono sicura che non sia lento, ma c'è la fila, il che significa che i clienti si arrabbiano e se ne vanno, oppure che ordinano meno drink perché lui non riesce a stare al passo, e se ne tornano a casa.»

La sua mascella è ferma e posa il curriculum sulla scrivania, incrociando le braccia sul petto. «Dovrò controllare le sue referenze.»

«Non mi aspetto niente di meno» dico.

«Dovrai fare il turno di punta ogni fine settimana. I clienti danno buone mance, ma il venerdì e il sabato sera sono già pieni.»

«Non mi mancheranno» dico. Sarà difficile non stare con Allie la sera, ma mi fido di mia figlia e starò a casa fino a tardi. Non sarà completamente sola. Mi astengo dal commentare il fatto di avere una figlia; non mi farebbe ottenere questo lavoro, e ne ho bisogno per mantenere un tetto sopra le nostre teste e cibo in tavola.

Certo, ho qualche dollaro da parte, ma non abbastanza per vivere a tempo indeterminato. New York è costosa.

«Inizierai domani sera» dice Antonio. «Benvenuta in famiglia.»

«Grazie» è una strana scelta di frase, ma non ci faccio caso. Forse l'azienda è a conduzione familiare, oppure gli piace trattare i suoi dipendenti come una famiglia.

Antonio mi dà le informazioni di base sull'ora in cui devo arrivare l'indomani, sulla paga base e sulle regole. Non è spesso in ufficio e devo fare rapporto tramite un altro membro del personale. Lo ringrazio uscendo, e torno verso la metropolitana.

Era buio quando sono uscita, ma ora la folla si è diradata per le strade. Non mi dispiace camminare da sola, ma tengo d'occhio ciò che mi circonda mentre mi avvicino alla metro. Non è troppo affollata, ma i treni passano meno spesso e ci sono più persone che si riuniscono sulla banchina mentre aspetto il mio treno per tornare a casa. Un treno si ferma alla stazione sul lato opposto dei binari. È diretto nella direzione sbagliata per il mio ritorno a casa. I passeggeri scendono e giuro che mi sembra di aver visto Dmitri salire sulle scale mobili. *Dove può star andando a quest'ora tarda?* Non dovrei essere curiosa. Non ha importanza.

Rifletto se seguirlo o meno, ma penserebbe che lo stia pedinando, e non sono sicura che si sbagli. Sto già discutendo con me stessa su cosa accadrebbe se venissi scoperta.

Il mio treno si ferma. Devo salire e tornare a casa. Dormire un po'. E magari, evitare di bere altro vino per tutta la notte.

––––––––

Il giorno seguente, mi sveglio con un messaggio di Dmitri: *Mi sono divertito con te e Allie ieri sera.*

Mi alzo dal letto e mi tiro le coperte addosso. Comincio a scrivere e cancello il messaggio, incerta su cosa dire. *Anch'io. Dovremmo parlare della nostra rottura?* Premo invio e spero di non aver commesso un errore. Avrei dovuto suggerirgli di lasciarsi via messaggio? Voglio dire, non è comunque una vera relazione. Solo che non voglio chiudere con lui. Il mio telefono suona immediatamente con una notifica di una sua chiamata. «Buongiorno» rispondo. È stato veloce.

«Buongiorno, *Malishka*» dice Dmitri. «Come hai dormito?»

Un sorriso mi sfiora il viso. Non dovrei sentirmi così dannatamente eccitata quando parlo con lui. È solo un amico, uno con cui sono andata a letto. Non è niente di che. «Ho dormito bene. E tu?»

«La migliore notte di sonno da quando ho perso i sensi per... quanto, sei settimane?»

«Non è divertente» non dovrebbe scherzare sul suo coma, ma forse è il modo in cui sta elaborando il trauma di ciò che è successo.

«Vuoi fare colazione insieme, stamattina?» mi chiede Dmitri.

Guardo l'orologio. Sono appena passate le otto. Allie dormirà per almeno altre due ore. La colazione sarebbe solo per noi due. «Sì, sarebbe bello.»

«Perfetto, è un appuntamento allora.»

Mi schiarisco la gola alla sua osservazione. «Dmitri» dico, con un tono di avvertimento.

«È solo un modo di dire, rilassati. Passerò tra poco.»

Abbasso lo sguardo sul mio pigiama. «Devo ancora vestirmi.»

«Venti minuti sono sufficienti?»

A malapena. Quell'uomo non sa quanto tempo ci vuole a una donna per essere presentabile. «Devo fare la doccia.»

«Potresti aspettarmi e fare la doccia insieme a me» dice Dmitri.

Il mio stomaco si riempie di farfalle. «Potremmo, ma è impossibile che Allie non ci senta» sarebbe impossibile tacere con le sue mani sul mio corpo e le mie viscere che desiderano che mi scopi. Un sospiro pesante mi sfugge dalle labbra e mi mordo forte il labbro inferiore quando mi accorgo che può sentirmi.

Ridacchia sottovoce. «Che ne dici se arrivo tra quarantacinque minuti? Avrai abbastanza tempo per farti una bella doccia calda.»

Cerco di non mugolare pensando alle fantasie di lui che mi spinge contro il box doccia e mi scopa da dietro.

«Perfetto. Ci vediamo tra poco» non commento la sua osservazione sulla doccia calda. Poteva essere innocente e senza allusioni sessuali. Ma chi voglio prendere in giro? Mi ha proposto di venire qui e di fare la doccia insieme.

Dmitri ridacchia. «Pensa a me quando vieni, *Malishka*.»

Gemo involontariamente. Quell'uomo è la mia rovina assoluta.

«Hai appena fatto le fusa?» mi chiede Dmitri.

Chiudo la telefonata e mi affretto a fare la doccia, rifiutandomi di rispondere alla sua domanda. Cosa diavolo ha fatto per mandarmi su di giri così? Prendo un respiro profondo e giuro di sentire il suo profumo maschile permeare tutta la mia camera da letto. È inebriante. Una persona sana di mente laverebbe le lenzuola. Voglio rotolarmi in esse e immergermi nel suo aroma fragrante, facendo pulsare e rabbrividire le mie viscere. *Cazzo*. Non dovrei preoccuparmi così tanto di un uomo che conosco appena. Un uomo che, a detta di tutti, frequento per finta solo perché sono stata beccata con lui a casa mentre mia figlia era via per la notte. Mi sento come un'adolescente, che nasconde ai propri genitori di uscire con un ragazzo. Solo che sono io l'adulta, e io e Dmitri non usciamo insieme. Quand'è che la mia vita è diventata così incasinata?

Apro la doccia e aspetto che l'acqua si scaldi. Come farò ad affrontare Dmitri per la colazione tra meno di un'ora quando il mio corpo freme al pensiero di stare a cavalcioni sui suoi fianchi e cavalcarlo da cowgirl? Che diavolo mi è preso? Perché mi ha fatta eccitare così tanto? Mi spoglio e sento bussare alla porta d'ingresso. Afferro l'accappatoio di spugna bianca appeso in bagno e lo indosso. Uscendo dalla camera da letto, mi dirigo verso la porta d'ingresso e guardo dallo spioncino. Pensavo che mi avrebbe dato quarantacinque minuti. Quanto tempo è passato, cinque minuti?

Ordino a Kona di sedersi mentre io apro la porta.

«Dmitri?»

Le sue guance sono rosse e c'è un'espressione primitiva dietro il suo sguardo scuro. Le sue mani sono su di me, mi tirano vicino e mi stringono. La sua bocca scende famelica sulla mia come se la sua vita dipendesse da essa per la sopravvivenza.

«Non ho nemmeno messo piede nella doccia» mormoro tra un bacio e l'altro.

«Bene. Così abbiamo tutto il tempo di sporcarci prima» mi ringhia nell'orecchio, mordicchiando il lobo mentre le sue dita mi tirano più forte. Mi accompagna all'indietro verso la mia camera da letto e chiude la porta con un piede.

«Chiudila a chiave» dico. Allie è nella stanza accanto e non voglio che veda nulla.

Dmitri si allunga e chiude la serratura, garantendoci la nostra privacy. Si toglie la camicia e le scarpe, seguendomi.

«Ho la doccia già aperta» mi dirigo verso il bagno e slaccio la fusciacca intorno alla vita, lasciando che la morbida vestaglia bianca si apra, stuzzicandolo.

I suoi occhi scrutano le mie forme nude e si avvicina a me, ma io faccio un passo indietro verso il box doccia.

«Mi hai telefonato dal corridoio?» gli chiedo con un sorriso sfacciato. Trascino le dita sul suo stomaco e lungo l'orlo dei suoi pantaloni. Gli slaccio la cerniera dei jeans e lo libero dei vestiti.

Dmitri mi tira con forza contro di lui. L'accappatoio cade a terra ai miei piedi. «Te lo avevo detto di voler fare colazione con te» le sue labbra si schiantano contro le mie, duellando affamate per il controllo. «Potrei mangiarti direttamente e saziarmi così.»

«In qualche modo, ne dubito» mi sfugge una risatina quando le sue dita sfiorano il mio fianco, il suo tocco è leggero. Soffro il solletico e, anche se non credo che abbia scoperto il segreto intenzionalmente, è evidente quando mi contorco dalla sua presa.

«Soffri il solletico» dice, prendendo nota mentre mi studia con un sorriso beffardo.

«Doccia, adesso!» scivolo via dalla sua presa e mi ricompongo. La doccia è calda e il bagno è piuttosto umido. Passo sotto il getto e Dmitri mi segue nel box, stando dietro di me.

Non c'è molto spazio per lavarsi o farsi lo shampoo.

Le sue mani sono tra i miei capelli e mi spingono la bocca verso la sua, tenendomi sotto il suo controllo. Non sono mai stata dominata da nessuno prima d'ora, tanto meno da un uomo di cui non so quasi nulla. Dmitri è un mistero da risolvere. Forse si è ricordato chi è, ma mi ha dato pochissime informazioni. È come se si nascondesse da me in piena vista.

La mia testa si abbassa all'indietro mentre le sue labbra mi accarezzano il collo e succhiano la pelle sensibile. «Non lasciare un succhiotto» lo avverto.

«Perché no?» mi sorride. «Tua figlia pensa già che usciamo insieme» mi pizzica il collo mentre le sue mani mi accarezzano i fianchi e mi stuzzicano il ventre. È lento, metodico e non si butta a capofitto.

«Sei proprio un provocatore» mormoro, e trascino le sue labbra di nuovo sulle mie.

Mi fa girare e mi spinge contro il muro di piastrelle fredde, sollevandomi dai piedi. Avvolgo le gambe intorno a lui e le mie braccia si aggrappano al suo collo. Le nostre labbra si fondono in baci profondi e appassionati, ognuno più intenso del precedente.

«Cazzo» ringhia.

L'acqua copre la maggior parte dei nostri suoni. Almeno, spero che sia così, mentre lui guida il suo grosso cazzo dentro di me, allargandomi le viscere. Gemendo mentre mi riempie, le mie dita scavano nella sua schiena, le mie unghie segnano la sua pelle a ogni spinta.

«Mi uccidi, così...» rantolo, desiderando che vada più a fondo. I suoi movimenti sono la tortura più deliziosa possibile.

«Ne dubito» mi bacia il collo e le labbra. I suoi occhi sono pesanti e mi fissa nell'anima, il suo respiro è rauco. «Dimmi cosa vuoi.»

Le mie labbra si aprono. Parlare richiede molta più energia di quanta ne abbia a disposizione. «Voglio che mi scopi» rantolo, sforzandomi di incontrare il suo sguardo. Vorrei spingere il mio viso nel suo collo e cavalcare l'orgasmo. Ma lui non mi sta concedendo ogni centimetro del suo grosso cazzo. «Più a fondo.»

Mi stringe il labbro inferiore tra i denti e il leggero dolore si mescola al piacere quando spinge la sua asta dentro la mia figa stretta. La mia bocca si apre e ansimo quando i nostri corpi si fondono.

Cazzo. Ogni spinta è più potente, come una corrente ascensionale, e io mi sento affogare. Ansimo in cerca di fiato. Le mie viscere si stringono sul suo cazzo, il primo di molti spasmi mi attraversa come una scossa di elettricità.

Dmitri scivola fuori, lasciandomi in piedi sulle gambe traballanti.

«Cosa?» ansimo, guardando in alto, desiderosa di averne di più. Ero così vicina al cazzo di limite e lui mi ha privata della mia dolce liberazione.

Sorride e il suo cazzo è duro come una roccia.

«Sei uno stronzo» mormoro.

La sua mano mi afferra la mascella, portando le mie labbra contro le sue, prima di farmi girare verso il muro, con le piastrelle fredde sulla mia guancia, mentre mi separa le gambe e le sue dita sfiorano il mio buco inferiore. Ansimo per il contatto e l'attesa. Mi sta stuzzicando o mi infilerà il cazzo nel culo? Non l'ho mai fatto prima. Non sono sicura di come mi senta a riguardo.

«Ti fidi di me?» mi chiede Dmitri.

Annuisco.

«Ho bisogno di una conferma verbale.»

«Sì» sussurro.

«Tieni le mani sul muro» mi preme le mani contro le piastrelle e poi mi fa indietreggiare i fianchi verso di lui. Mi sporgo in avanti, con il sedere che sporge, semicurva in avanti. Lo guardo da sopra la spalla mentre mi accarezza il sedere e mi dà dei colpetti.

Le mie guance si stringono e sussulto per il contatto.

«Ti piace, *Malishka*?»

«Sì» sussulto, sorpresa della mia ammissione.

Una mano accarezza le mie pieghe, scoprendo la mia umidità. «Vuoi che ti faccia venire?»

«Sì, ti prego.»

«Non ancora» dice Dmitri e giuro che sta sorridendo, anche se non riesco a vederlo in faccia. Le mie viscere si agitano e rabbrividiscono. La mia figa pulsa per essere liberata e lui mi stuzzica con le dita, accarezzando le mie labbra e la mia umidità ma evitando il mio clitoride dolorante. Le mie cosce si stringono, desiderando che colpisca quel punto perfetto.

Mi dà un colpetto sulla figa. «È questo che vuoi?»

«Sì» rantolo, e la mia mascella si blocca, assorbendo l'aria, mentre le mie viscere palpitano e pulsano. Sono così vicina e lui non mi sta nemmeno scopando.

«Dio, sei così fottutamente sexy, Sadie. Voglio spingere il mio cazzo nel tuo buco stretto.»

«Quale?» rantolo.

Lui ridacchia alla mia domanda. «Tu sì che sei una brava ragazza» il suo dito vaga sul mio buco del culo, premendo leggermente all'ingresso, costringendomi a contorcermi per l'attesa.

«È questo che vuoi? Vuoi che ti tocchi qui?»

«Forse?» squittisco.

«Mi serve un sì o un no, Sadie.»

Quando pronuncia il mio nome, mi porta in bilico, sul filo del rasoio. La mia testa è in preda alla nebbia, il mio corpo è completamente suo.

«Sì» sussurro, sorpresa dalla mia ammissione.

Il suo dito continua a stuzzicare il mio buco del culo, ma non si spinge oltre l'ingresso. I miei fianchi si contorcono e oscillano mentre sento la testa del suo cazzo stuzzicare la mia figa da dietro. «Ti prego» ansimo. Mi sta facendo disperare. I miei fianchi si muovono, lo desiderano, sperando che mi permetta di liberarmi.

«Ti desidero così tanto» raspa Dmitri e mi mordicchia l'orecchio. «Ma il tuo culo dovrà aspettare. Prima voglio scopare la tua figa stretta.»

Ansimo e la sua mano mi sfiora lo stomaco, scendendo tra i miei riccioli mentre spinge il suo cazzo più a fondo dentro di me. Mi allunga, spingendo nel mio calore. Le mie viscere spasmodiche si avvicinano all'orgasmo.

Ogni spinta è più potente e io mi stringo intorno al suo cazzo, mentre i fuochi d'artificio esplodono dentro di me.

————

Dovremmo parlare della nostra inevitabile rottura. Ma riesco a pensare solo a portare Dmitri a casa e a scoparlo di nuovo. Lui è come una droga da cui sono dipendente e non penso ad altro. E mi odio per questo.

Seduta di fronte a lui, a colazione, i miei occhi lo scrutano.

«Hai visto qualcosa che ti piace?» domanda Dmitri. Il suo volto è adornato da un sorriso e la stanza sembra più calda di qualche secondo fa. Non sta parlando del piatto che ha ordinato, davanti a sé.

Prendo il mio bicchiere di succo d'arancia e ne bevo un sorso per distrarmi un po'. «Stamattina, quando hai chiamato, eri appostato fuori dal mio appartamento?» chiedo.

«Qualcosa del genere» risponde in modo criptico e dà un morso al suo bacon. «Ho bisogno di un favore.»

«Sì, certo» dico alzando le spalle e posando il bicchiere mezzo vuoto sul tavolo. Recupero la forchetta e prendo in mano il cibo. Il mio stomaco è pieno di farfalle. Che cosa potrebbe mai volere da me?

«Un mio amico si sposa e mi serve una compagna per il suo matrimonio.»

«E vuoi che sia io quella compagna?» chiedo.

«Voglio che tu sia la mia finta fidanzata.»

Rido sottovoce. I confini sono già sfumati e lui vuole continuare questa piccola farsa tra noi due?

«E questo cosa comporterebbe?» non è che non ci siamo mai baciati o aggrovigliati tra le lenzuola. E Dmitri non è male agli occhi. Fingere di essere la sua ragazza non è la richiesta peggiore, anzi.

«Due cene e un matrimonio.»

«Cosa?» squittisco, con la voce più alta di quanto avessi intenzione. «Tre appuntamenti? Non sono così brava come attrice» forse potrei farcela con un appuntamento o un matrimonio in cui i suoi amici non prestano molta attenzione a noi, ma in tre occasioni diverse? Sta cercando di torturarmi?

«I miei amici vogliono conoscerti» dice Dmitri.

«Non possono incontrarmi al matrimonio?»

«C'è anche la cena di prova la sera prima del grande giorno. Avanti. Io ti sto aiutando con Allie.»

«In teoria, infatti, dovremmo lasciarci» aveva forse dimenticato il piano?

«E lo faremo, ma dopo il matrimonio. Le nostre strade si separeranno. Niente di che» beve un sorso di caffè. «Che ne dici?»

Mi punta con lo sguardo. «Ti ho aiutata con Allie» mi ricorda.

Quella è stata solo una notte. Qui si tratta di tre occasioni diverse. «Va bene» gemo e gli strappo dal piatto una delle salsicce. «Se facciamo finta di uscire insieme, almeno posso rubarti il cibo dal piatto.»

Un sorriso malizioso attraversa i lineamenti di Dmitri. «Puoi avere tutto quello che ho, salsiccia compresa.»

Sbuffo alla sua provocazione e sono certa di essere arrossita. «Qualsiasi cosa? Ti prendo in parola, sappilo» dico io.

OTTO
DMITRI

«DAVVERO? HAI UNA RAGAZZA?» Luka non sembra convinto che mi veda con una ragazza, e che abbiamo una relazione seria. Perché dovrebbe esserlo? Non mi ha mai visto passare del tempo con una donna fuori da un bar, e ha ragione. Sadie non è come le altre ragazze con cui sono stato a letto. È diversa. Per cominciare, quello che abbiamo non è reale. Il sesso, invece, beh, quello è dinamite.

«Si chiama Sadie» dico, come se questo potesse fargli improvvisamente credere a quel che dico.

«E la porterai al matrimonio?» il suo sguardo si restringe, non convinto. «È tua sorella o qualcosa del genere?»

«È la mia fidanzata» ribadisco. «Le cose che abbiamo fatto sarebbero illegali se fosse mia sorella.»

Luka ridacchia sottovoce e incrocia le braccia sul petto. «Va bene, ma non ti credo finché non la incontro. Questa ragazza potrebbe essere benissimo frutto della tua immaginazione. Hai una bella cicatrice» indica il segno sulla mia fronte.

«Che ne dici di una cena, lunedì sera?» propongo. Mikhail ha detto chiaramente che prima del matrimonio dovrò fare sfoggio della mia finta fidanzata. E la verità è che non mi dispiace portare Sadie fuori, cenare con quella ragazza. Preferirei che non fosse in compagnia della Bratva, ma non posso rimediare a questo errore. Mikhail sa di lei e vuole usare noi due per preservare la sua immagine. Tipico di un Pakhan. Preoccupato solo della sua reputazione.

«Lunedì si può fare, sì» risponde Luka. «Anche se devo avvertirti che Hannah è in fase di organizzazione del matrimonio. Al momento, sembra che non parli d'altro.»

«Mi stai avvertendo che potrebbe mettere delle strane idee in testa a Sadie?» è un bene che non facciamo sul serio e che questa relazione sia finta.

«Sì, giuro che Hannah parla solo di questo con Madisyn.»

«Il tuo matrimonio è tra meno di un mese. Sono sicuro che dopo il matrimonio le cose si calmeranno. Andrete da qualche parte per la luna di miele?» è bello essere tornati nel vivo delle cose. Non mi ero reso conto di quanto mi fossi perso nelle ultime settimane.

«Ho affittato uno di quei bungalow sull'acqua nei Caraibi» Luka tira fuori il telefono e mi mostra la pagina con le foto della villa. «La capanna individuale ha una piscina privata a sfioro e un'amaca sopra l'acqua.»

«E pavimenti in vetro» prendo nota delle foto degli interni. La villa è stupenda e sono sicuro che a Luka dev'essere costato parecchio assicurarsi il posto per qualche giorno. «Quanto vi fermate?»

«Andiamo a Montego Bay per due settimane. Ho fatto un affare visto che era all'ultimo minuto, ma non dirlo a Hannah.»

Sorrido e scuoto la testa. «Non preoccuparti. Almeno lei sa che la porterai in Giamaica o anche questa è una sorpresa?»

«Oh, sa dove andremo per la luna di miele ma non della villa. Non vedo l'ora che mi ringrazi ripetutamente» il sorriso sul volto di Luka è compiaciuto. Probabilmente immagina tutte le cose sconce che farà con Hannah quando saranno soli, insieme e appena sposati.

«Speriamo che le piaccia l'oceano e che sappia nuotare.»

Il sorriso cade dal volto di Luka. «Non fare lo stronzo.»

Alzo le braccia in aria. «Sono serio. Se la ragazza avesse paura dell'acqua, la stai portando in una capanna in mezzo all'oceano, non è da poco...»

«Non è in mezzo all'oceano... oh, cazzo. Forse dovrei informarmi.»

«Chiedi a Madisyn di domandarglielo.»

Luka scuote la testa e si sfrega la mascella. «Quella donna non sa tenere un segreto.»

«Ha nascosto a Mikhail il fatto di essere un'agente dell'FBI» se Madisyn vuole mantenere un segreto, è perfettamente in grado di tenere la bocca chiusa.

Luka non è d'accordo con me. «Madisyn e Hannah sono migliori amiche. Solo... no. Non dirò nulla a Madisyn. E la tua ragazza?»

«Sadie? Che centra?» dove vuole arrivare con questa domanda? Mi si chiude lo stomaco mentre i suoi occhi si illuminano come se avesse appena escogitato un piano geniale destinato a ritorcersi contro di me.

«Durante la cena insieme, convinci Sadie a chiedere a Hannah dell'oceano, del nuoto, di qualsiasi cosa possa far sì che questa idea della luna di miele sia perfetta.»

«Vuoi che parli a Sadie del tuo piccolo segreto della luna di miele?» passo una mano tra i capelli. Io e Sadie non parliamo quasi mai al di fuori del tempo trascorso insieme. Non siamo una vera e propria coppia che si frequenta, si manda messaggi, chiacchiera. Siamo più che altro amici con benefici, che si aiutano a vicenda.

«Beh, visto che ti stai offrendo, sarebbe più che apprezzato» dice Luka.

Non ho più visto Sadie da quando abbiamo fatto colazione insieme. Le ho mandato diversi messaggi per assicurarmi che fosse disponibile lunedì sera, per la cena. Non abbiamo parlato al telefono. Quando ho provato a chiamarla, è scattata la segreteria telefonica, e lo stesso quando mi ha chiamato lei. È come se i nostri orari fossero completamente sballati. Il che andrebbe bene, se non fosse che devo istruire Sadie su cosa discutere con Hannah.

Passo a casa di Sadie, portando con me due mazzi di fiori.

Allie apre la porta e mi guarda, dalla testa ai piedi. Dovrei cercare l'approvazione della bambina? «Sono per me?»

Gli occhi di Allie si illuminano.

Sono sollevato di aver pensato di portarle di nuovo un bouquet, anche se stasera non verrà con noi. «Questi sono per te» dico porgendole il bouquet misto. Le rose le tengo ancora in mano, perché vorrei darle a Sadie. Finché ci frequentiamo per finta a mio vantaggio, abbiamo deciso di continuare la farsa davanti a Allie. Altrimenti, ci saranno solo altre domande. Non vogliamo che il nostro piano ci si ritorca contro.

«Grazie» dice Allie. I suoi occhi si illuminano mentre prende i fiori da me e sgattaiola in cucina.

«Credo che tu abbia conquistato la sua approvazione ancora una volta» dice Sadie, girando l'angolo. Indossa un abito viola scuro che abbraccia le sue curve e tacchi a spillo neri. Solo le scarpe me lo fanno venire duro, immaginandola con indosso solo quelle.

Mi schiarisco la gola e cerco di tenere a bada il mio cazzo. «Questi sono per te» le dico porgendole i fiori.

«Sono bellissimi, ma non dovevi...»

«Volevo farlo» dico.

Non si rende conto di quanto sia speciale? Non c'è bisogno di una vera relazione perché io la apprezzi.

Dopo che ha sistemato il bouquet e messo i fiori nell'acqua, ci dirigiamo verso la mia auto. Apro la portiera del passeggero e la lascio entrare, prima di affrettarmi a salire sul lato del guidatore.

«Grazie ancora per tutto questo» le dico. Mi immetto nel traffico e Sadie si sistema la gonna. Le sue dita tamburellano sulle gambe.

«Non c'è problema. Allie ha in programma di guardare un nuovo programma stasera, quindi mi hai tutta per te.»

Vorrei avere Sadie tutta per me. Sarebbe molto più piacevole che fingere solo di essere una coppia.

«Ceniamo con Luka e Hannah» la aggiorno sugli eventi di stasera. Non abbiamo inventato la storia di come ci siamo conosciuti o qualcosa che riguardi la nostra relazione. Non mi preoccupo troppo. È probabile che Luka non chieda molto e, se ha ragione sullo stato d'animo di Hannah, lei sarà concentrata sull'imminente matrimonio, il che dovrebbe rendere la serata un gioco da ragazzi. «Luka è uno dei miei colleghi e gestisce il locale in cui lavoro.»

«Che tipo di locale?» si informa Sadie.

La sua innocenza è così serena e dolce. «È uno strip club» le lancio un breve sguardo prima di riportare la mia attenzione sulla strada.

«Oh.»

Devo averlo omesso quando le ho scritto che avevo riavuto il mio vecchio lavoro. Sono sicuro di averle detto che ero addetto alla sicurezza di un locale. Non sono un buttafuori, ma sorveglio la porta d'ingresso per assicurarmi che nessuno non invitato metta piede dentro, come la mafia italiana o il cartello colombiano. Abbiamo già avuto problemi con loro. Gli italiani hanno distrutto il nostro locale mesi fa e Mikhail non vuole che si ripeta. Il mio lavoro consiste nell'assicurarmi che coloro che mettono piede all'interno siano ospiti graditi.

«Club Sage» dico. «Sono sicuro di averne già parlato.»

«Hai accennato solo che lavori in un club» commenta, e si sposta sul sedile anteriore, lanciandomi un'occhiata. «Ti capita mai di ballare con le ragazze del club?»

«No, sarebbe altamente inappropriato. E poi, non pago per divertirmi» mi fermo al semaforo rosso. Il traffico è intenso. L'ora di punta sembra non finire mai a New York.

«E se fosse gratis?» la sua voce è morbida, incerta. «Ti concedono mai un ballo perché gli piaci o vogliono qualcosa da te?»

«Non mi interessano le ragazze del club» la fisso.

Lei inspira, affannosamente e io guardo di nuovo verso la strada, mentre il traffico comincia ad avanzare.

Giuro che sento una punta di gelosia nella sua domanda. In teoria, non dovrebbe essere importante, dato che non siamo una coppia e questa non è una vera relazione. Ma non ho mai fantasticato su nessuna delle ragazze del club. Sono carine, ma la maggior parte sono troppo giovani e appena maggiorenni. Non mi piacciono. Preferisco una donna con un po' di esperienza in più e con le curve morbide. Una donna vera, che sa quello che vuole e non fa giochetti.

Con l'attenzione rivolta alla strada, allungo la mano, intrecciando le nostre dita. «Va bene così?» chiedo. Non che non ci siamo mai tenuti per mano davanti a Allie, ma questa è una cosa un po' più intima e meno da amici che si tengono per mano.

«Sì» risponde lei. La sua voce stride e si schiarisce la gola.

«Luka non crederà che stiamo insieme se non c'è un minimo di contatto fisico tra noi. Tendo a essere affettuoso con le donne con cui esco.»

«Quindi... hai portato altre donne a conoscere i tuoi amici?» giuro che stavolta c'è davvero della gelosia nel suo tono di voce.

«No, ma mi hanno visto con altre donne» ammetto. Sebbene non abbia una relazione con nessuna delle ballerine del locale, ho frequentato una manciata di donne al bar o nel locale fuori orario, quando non lavoravo.

Le lancio un breve sguardo mentre passiamo lentamente davanti al ristorante. Non c'è un parcheggiatore e nemmeno un parcheggio. Non è uno dei ristoranti di nostra proprietà, altrimenti avrei un posto dove lasciare l'auto. Mi dirigo verso il parcheggio più vicino.

«C'è un'altra cosa di cui non abbiamo parlato.»

«Che cos'è?» mi chiede.

Seguo le altre auto nel parcheggio finché non trovo un posto. «Ho bisogno che tu chieda a Hannah se le piace la spiaggia.»

«È una domanda strana.»

«Lo so, ma ho fatto una cazzata con Luka e ora sta riconsiderando i suoi piani per la luna di miele. Puoi aiutarmi?»

«Certo» dice Sadie con un sorriso caloroso. Mi stringe la mano prima di uscire dal SUV.

Insieme, percorriamo la manciata di isolati che ci separano dal ristorante greco scelto da Luka. «Spero che vada bene» dico aprendo la porta a Sadie.

«Non ho mai mangiato qui, ma ha un profumo delizioso» commenta, mentre entriamo nel ristorante.

Luka è già seduto al tavolo con Hannah. Ci fa un cenno e Hannah ci saluta con un enorme sorriso sul viso.

Mentre attraversiamo il ristorante e ci dirigiamo verso il nostro tavolo, infilo la mia mano in quella di Sadie. Lascio la presa e le tiro fuori la sedia per farla accomodare.

«Grazie» dice lei, facendomi un sorriso da agnellino.

«Wow» dice Hannah e dà uno schiaffo al braccio di Luka. «Dovresti farlo anche tu per me.»

«Ti sto sposando, non conta come cosa?» scherza Luka. Sorride sfacciatamente e prende la mano di Hannah, dandole una forte stretta.

Facciamo rapidamente le nostre presentazioni, mentre ci sistemiamo al tavolo. Sadie sorride calorosamente, dà un'occhiata al menu e ordina, prima di rivolgere la sua domanda a Hannah. «Come va l'organizzazione del matrimonio?»

Luka geme e stacca la mano dalla fidanzata mentre prende il bicchiere d'acqua e ne beve un sorso. «Avrò bisogno di qualcosa di più forte» borbotta scherzosamente.

Hannah gli dà una gomitata. «Giuro che eri più romantico prima della proposta di matrimonio.»

«Voi due siete carini insieme» commenta Sadie, con un caldo sorriso sul volto. La ragazza si adatta perfettamente, come se fosse stata scritturata per questo ruolo e avesse aspettato tutta la vita per interpretarlo. «Come vi siete conosciuti?»

«È una storia lunga» dice Hannah con una risata. «Ci siamo incontrati, ci siamo frequentati, ma per un po' di tempo non ci siamo più visti.»

«Nostra figlio, Zion, aveva due anni quando finalmente ci siamo rincontrati.»

«Non è colpa mia. Non sapevo come trovarti e ci ho provato.»

Gli occhi di Hannah sono spalancati e Luka si appoggia a lei, lasciandole un bacio sulle labbra.

«Lo so, *Zaya*.»

Distolgo lo sguardo e Sadie mi prende la mano, intrecciando le dita. La ragazza è sempre sul pezzo.

«Allora, avete già toccato l'argomento bambini?» chiede Hannah, cambiando argomento.

«Ho una figlia» dice Sadie. «Ha appena compiuto tredici anni.»

«Oh wow, un'adolescente o quello che mi piacerebbe chiamare una baby-sitter domestica. Posso avere il suo numero?» dice Hannah.

Sadie ridacchia. «Non ha un cellulare, ma posso darti il mio numero e ci si può organizzare.»

Hannah tira fuori il telefono, pronta a prendere le informazioni.

Guardo Sadie. Non è obbligata a farlo. Non complicherà le cose, dopo che ci saremo lasciati? Mi sorride in modo rassicurante e le ragazze si scambiano i numeri di telefono.

«Allora, chi tiene d'occhio Zion mentre siete in luna di miele?» domando.

«Abbiamo discusso di far venire una tata a casa nostra e di farle badare a Zion mentre siamo via. Abbiamo anche degli amici molto stretti che le staranno con lui, per assicurarsi che si prenda cura di lui» dice Hannah.

«Ne abbiamo parlato, ma ancora non si è fatto nulla» continua Luka. «Non possiamo affidare Zion a un estraneo. Ha bisogno di tempo per conoscere la nuova tata.»

«Lo so. Per questo anche Madisyn si è offerta di aiutarla.»

«E sono sicura che Allie sarebbe felice di venire a giocare con Zion, dopo la scuola. Dmitri mi ha accennato che voi due vi sposerete nel weekend del Labor Day.»

«Esatto» dice Hannah. «E poi andremo in Giamaica per la nostra luna di miele di due settimane.»

«Sembra splendido» dice Sadie. «Scommetto che sei una ragazza da spiaggia. Sabbia. Sole. Surf?»

«Mi piace nuotare, ma non ho mai fatto surf. Possiamo farlo mentre siamo in Giamaica?»

«Vedremo» dice Luka con una risata e un ampio sorriso. È come se la tensione in lui si fosse finalmente allentata.

«E voi due?» chiede Hannah. «Luka non mi ha detto come vi siete conosciuti.»

Guardo Sadie e rispondo prima che possa inventarsi una storia. «Sadie è uscita dai sentieri e si è persa nel bosco, durante una corsa. Si è imbattuta in me dopo che mi avevano sparato» la storia è vicina alla verità, ma non voglio che Luka o chiunque altro all'interno della Bratva sospetti che lei possa aver assistito a qualcosa.

«Poteva essere pericoloso perdersi nella foresta» dice Hannah. «Vedi, è per questo che non vado a correre.»

«Non lo so. Dietro a Zion ci corri spesso» dice Luka.

«Lo facevo quando era piccola. Negli ultimi due mesi è migliorato molto. Averti intorno ha aiutato.»

Si fissano negli occhi, dimenticando momentaneamente che io e Sadie siamo allo stesso tavolo. «Prendetevi una stanza» mormoro sottovoce.

Sadie ridacchia alla mia osservazione. «Non provi queste cose per me?» mi prende in giro.

«Oh, sì, *Malishka*» sussurro, e le mie dita scendono sotto il tavolo, posandosi sul suo ginocchio.

Giuro che sento la donna fare le fusa e il mio cazzo si contrae al suono che emette.

«Cosa non mi fai...» le ringhio.

Sadie si schiarisce la gola e, mentre mi fissa, fa un cenno verso la coppia con cui stiamo cenando, come se a loro interessasse il nostro piccolo momento di intimità.

Luka mi fissa, con un ampio sorriso sul volto. «Dicevi...?» mi sta prendendo in giro. A quanto pare ha sentito il mio commento sulla necessità di prendere una stanza per loro due. Sarei felice di prendere una stanza d'albergo con Sadie, per poter adorare il suo corpo e avere tutta la notte per farla impazzire e far sprofondare il mio cazzo dentro di lei. Ma non possiamo lasciare sua figlia a casa da sola tutta la notte. Nessuno mi aveva preparato sul fatto che uscire con una donna con una bambina avrebbe reso le cose così difficili.

Mi muovo a disagio sulla sedia. Devo spostare la conversazione su qualcosa che faccia riaddormentare il mio cazzo, almeno per un po'. Anche se il vestito viola intenso che Sadie indossa e la sua scollatura, di certo non mi aiutano. È decisamente splendida e radiosa.

Sono sollevato quando la cameriera porta in tavola le nostre cene.

«Sembra tutto delizioso» dice Sadie.

Ci mettiamo a mangiare e la conversazione passa momentaneamente in secondo piano, durante la cena.

«Qualcuno vuole il dolce?» chiedo, fissando Sadie con lo sguardo. Ho già mangiato troppo, ma voglio una scusa qualsiasi per passare ancora qualche minuto insieme, nel nostro finto appuntamento, che sembra però così reale.

«Dividerò il dessert con te» dice, con voce bassa e rauca.

Il mio cazzo si contrae nei pantaloni. Vorrei allentare la cravatta. La stanza è soffocante. Qualcuno ha acceso il riscaldamento?

«Sadie, che lavoro fai?» chiede Hannah.

La cameriera sparecchia i piatti dal nostro tavolo e ci porta due menu di dolci da sfogliare.

«Faccio la barista.»

«Non mi avevi detto di aver trovato un nuovo lavoro» dico.

Lei fa un sorriso e si affretta a correggermi. «Sì, ho iniziato proprio l'altro giorno.»

«Qual è il posto? Ci possiamo fermare a bere qualcosa, qualche volta» dice Luka.

Prendo il mio bicchiere d'acqua, con la bocca asciutta. Mi piacerebbe fermarmi ovunque stia lavorando e stuzzicarla a dovere. Flirtare. Sedurla mentre lavora.

«Moretti's» dice.

Soffoco l'acqua e appoggio con forza il bicchiere sul tavolo. Fa la barista al bar di Antonio Moretti? È il capo della mafia italiana!

«Non stai lavorando davvero per *lui*.»

Il mio tono gronda di disgusto.

«Cosa? Perché no?»

Non riesco nemmeno a guardare Luka o Hannah. Tuttavia, sento i loro sguardi accesi che mi trafiggono. Faccio cenno a Sadie di accompagnarmi, allontanandoci dal tavolo con i nostri amici.

La sua fronte si irrigidisce e, alzandosi, posa il tovagliolo di stoffa sul tavolo. Mi segue in fondo al ristorante, nel corridoio, appena fuori dal bagno.

«Non puoi lavorare per Antonio Moretti.»

«Lo conosci?» chiede Sadie. La ragazza non ha idea di quanto in profondità si stia facendo coinvolgere nella mafia.

«Dirige la fottuta mafia italiana» sbotto. Mi passo una mano tra i capelli. Il cuore mi batte contro la cassa toracica. La rabbia pulsa in me. «Da quanto tempo?»

«Cosa?» si acciglia, incerta sulla mia domanda.

«Da quanto tempo lavori per lui?»

«Solo da pochi giorni. Avevo bisogno di un lavoro e ho visto che il bar stava assumendo, ed erano pieni di gente. La paga è discreta e le mance coprono tutte le mie spese e anche di più.»

Come se questo mi potesse far apprezzare improvvisamente Moretti.

«No» dico.

«No, cosa?» insiste Sadie. Piega le braccia sul petto.

«Non lavorerai per la famiglia Moretti. Diventeresti sua proprietà.»

Sadie sgrana gli occhi. Non capisce la gravità della situazione. «Lavoro già per lui, Dmitri. Non è un grosso problema. Qualunque cosa tu pensi che stia facendo, l'attività che gestisce dove lavoro io è pulita. È legittima e sicura. Io sto bene. Devi rilassarti.»

Si volta per tornare indietro, presumibilmente verso il tavolo. La afferro per la vita, facendola voltare verso di me. «Non abbiamo finito qui.»

«Be', io sì. Smettila di maltrattarmi» dice Sadie e si sottrae alla mia presa.

Si affretta a tornare al tavolo, apre la borsetta, lascia cadere sul tavolo qualche dollaro per il suo pasto e si precipita fuori dalla porta d'ingresso.

«Cazzo!»

NOVE
SADIE

CHI DIAVOLO si crede di essere, dicendomi cosa posso o non posso fare? Dmitri non ha controllo su di me. Non ha voce in capitolo sul mio lavoro. Diamine, non stiamo nemmeno realmente insieme! Sono furiosa. Le mie interiora ribollono, e dopo aver lasciato abbastanza contanti sul tavolo per pagare la mia cena, esco velocemente dal ristorante.

Antonio Moretti, la mafia italiana? Non ci credo. Sì, è italiano, ma solo perché è di origini italiane, non significa necessariamente che lavori per la mafia.

Ho lavorato qualche sera al bar. Non ho visto nulla che provi la storia di Dmitri o comunque niente di sospetto.

Antonio non è quasi mai al bar. L'ho conosciuto il giorno del colloquio; quella è stata l'ultima volta che l'ho visto. Ma questo non significa nulla. Probabilmente è occupato con altri progetti o si occupa di altri affari dopo le ore di punta. Potrebbe avere un altro bar o un locale notturno.

Dmitri deve uscire dalla mia testa. Cammino verso il mio appartamento. È troppo lontano per fare l'intero tragitto a piedi, ma sono fumante di rabbia e ho bisogno di un modo per sfogare la mia energia.

Ho già camminato per diversi isolati quando un SUV nero accosta vicino a me. Il finestrino oscurato si abbassa.

Antonio Moretti siede dietro al posto del guidatore mentre qualcuno gli fa d'autista. Mi lancia un'occhiata. «È tardi, Sadie. Lascia che ti dia un passaggio.»

Mi mordo la lingua. Non c'è traccia di Dmitri, non che importi qualcosa. È stato chiaro sulla sua posizione, e io ho reso la mia ugualmente cristallina.

«Puoi lasciarmi al mio appartamento?» chiedo, avvicinandomi al SUV.

«Certamente, dai pure il tuo indirizzo all'autista» risponde Antonio.

Dmitri è fuori di testa. Non c'è verso che quest'uomo faccia parte della Mafia Italiana. Forse è un altro Antonio Moretti, o Dmitri è solo completamente impazzito. Apro la portiera posteriore, indico il mio indirizzo all'autista ed entro nel veicolo, sedendomi accanto ad Antonio.

«Devo ammettere, sono sorpreso di trovarti a camminare da sola a quest'ora e piuttosto lontano da casa tua, considerato che la metropolitana è nella direzione opposta.»

Antonio è un osservatore. Glielo concedo.

«Brutto appuntamento» confesso, senza elaborare oltre.

Lui ridacchia e annuisce. «Mi ricordo quei giorni, prima che sposassi la mia Tesorina e mi sistemassi» dice.

Guardo la sua mano, notando la fede nuziale.

Se quello che Dmitri dice è vero e Antonio era davvero il capo della Mafia Italiana, quale donna lo avrebbe mai sposato? Sarebbe un mostro stando alla definizione di Dmitri. Non posso chiedergli se lavora per la mafia. Anche se così fosse, non lo confesserebbe. Uomini di quel tipo sono riservati a causa degli affari loschi a cui partecipano.

«Cosa ti porta da queste parti?» chiedo, fingendo di fare conversazione. Ogni tanto, do un'occhiata fuori dal finestrino per assicurarmi che siamo sulla strada giusta per il mio appartamento.

Sono solo paranoica. È di Dmitri la colpa per questi miei dubbi ridicoli.

«Ho appena accompagnato mia figlia, Sophia, a un pigiama party.»

Se non fosse estate, mi chiederei che tipo di genitore lascia la figlia a un pigiama party di lunedì sera, ma Allie è in vacanza ancora per qualche settimana, come certamente anche Sophia.

«Quanti anni ha Sophia?» domando.

«Ne ha appena compiuti cinque. I gemelli crescono così velocemente» dice Antonio.

«Gemelli?» rido. «Non riesco a immaginare di averne due della stessa età. Io ho mia figlia, ha tredici anni, e giuro che è tutto quello che posso sopportare. Un adolescente alla volta.»

«Mi aiuta molto mia moglie, Aleksandra.»

«Che meraviglia» rispondo. Da come parla, è chiaro che ammira Aleksandra. Non riesco a immaginare che un uomo così sia il mostro che Dmitri crede che sia.

Giriamo l'angolo avvicinandoci a casa mia. «Odio chiedertelo» dice Antonio. «Ma ti dispiacerebbe se usassi il bagno? Prometto che ci vorrà solo un minuto.»

Apro la bocca. Qualcosa mi dice di rispondere no, ma non trovo nessun motivo valido per rifiutare. Non è minimamente aggressivo o brutale. Antonio sembra innocuo. «Sì, certo. Dovrai solo scusarmi per il casino. Sono sicura che mia figlia Allie avrà messo tutti gli snack sul tavolo e in cucina. Sta facendo una maratona del suo reality show preferito.»

L'autista accosta davanti al palazzo. Lascia il motore acceso, esce e fa il giro per aprirmi la portiera. Scendo sul marciapiede e aspetto che Antonio mi segua.

«Che programma è?» chiede Antonio.

«Caspita. Non ce ne sono troppi da tenere a mente? Love Villa» prendo le chiavi dalla borsa e apro il portone principale. Ci dirigiamo verso l'ascensore e premo il pulsante per il sesto piano.

«Aleksandra adora quel programma» dice Antonio. «Anche se ha delle difficoltà nel vederlo a causa dei gemelli. Abbiamo deciso di controllare cosa guardano.»

«È giusto, specialmente quando sono così piccoli» esco dall'ascensore una volta raggiunto il sesto piano, e lui mi segue poco lontano. Apro la porta di casa e lo lascio entrare.

«Sei tornata presto!» esclama Allie, guardando alle mie spalle con un broncio. Non riconosce Antonio, e perché dovrebbe? È troppo giovane per entrare in un bar, e quando le avevo finalmente detto di aver cambiato lavoro non ero entrata nei particolari.

Accompagno Antonio al bagno e accendo la luce. «Ecco qui» dico.

Lui entra e chiude la porta alle sue spalle.

«Lui chi è?» chiede Allie, abbassando la voce. «Dov'è il tuo ragazzo?»

«Storia lunga» rispondo e sposto lo sguardo da Allie al bagno. La ventola è accesa, quindi non riesco a sentire niente in questo spazio così piccolo. Non che voglia sentirlo usare i sanitari, ma il mio stomaco è ingarbugliato dopo quello che mi ha detto Dmitri. Perché doveva entrarmi in testa?

«Mi devi dei dettagli» ribatte Allie. «Se portassi io uno strano uomo a casa, vorresti una spiegazione.»

Ha ragione, ma io sono un'adulta. Le devo la verità, anche se solo in parte.

La porta del bagno si apre, e Antonio riemerge. «Grazie» dice con un sorriso. Non riesco a capire se è forzato o sincero. Non lo conosco abbastanza bene da leggerlo, ma non mi ha dato motivo per non fidarmi di lui.

Dmitri è paranoico.

«Ci vediamo domani al lavoro» dice Antonio mentre lo accompagno alla porta.

«Grazie ancora per il passaggio» cammino con lui verso la porta e la chiudo a chiave alle sue spalle.

Allie mette in pausa il suo programma e si gira verso di me, aspettando una spiegazione. «Cosa è successo al tuo appuntamento? Perché l'uomo misterioso del lavoro ti ha accompagnata a casa?»

«Hai sentito?» devo fare più attenzione se non voglio farmi sentire da Allie.

«Dai, Mamma. Tu mi chiederesti spiegazioni.»

«Le cose hanno preso una brutta piega all'appuntamento con Dmitri» non voglio dire a Allie perché o si preoccuperebbe per me quando dovrò vedere Antonio al lavoro domani sera.

«Brutta piega? Tipo che avete rotto?»

«Non lo so» ammetto. Mi sfilo i tacchi e sprofondo sul divano accanto a mia figlia. «È complicato» non ha senso spiegarle che la rottura era inevitabile dato che non stavamo insieme. Cosa si aspetterà da me? Vorrà ancora che lo accompagni al matrimonio del suo amico? Mi sembra inutile dato che quell'amico ha assistito alla nostra litigata.

Appoggio la testa sul divano e chiudo gli occhi. «Odio gli uomini.»

«Non dire così. Il tuo amico del lavoro sembra carino» dice Allie.

La guardo, e vedo che sogghigna.

«È sposato» non menziono i suoi due figli. Il fatto che sia spostato basta per fermare ogni mio interesse verso di lui.

«Quindi, che è successo col fidanzato?» chiede Allie.

La ragazza è persistente.

«Non hai un programma da guardare?» indico la televisione.

«Non se ne parla, questo è molto più interessante. I drammi della vita reale sono molto più intensi» alza le sopracciglia. «Spara.»

Non posso dire a mia figlia tredicenne che il mio finto ragazzo insiste che io lavori per un boss della mafia italiana. Suona pazzesco nella mia testa, e dirlo ad alta voce lo renderebbe reale.

«È pazzo» dico. «Dmitri dev'essere pazzo» è l'unica spiegazione accettabile, perché se ha ragione, io ho mostrato ad Antonio dove vivo e ha brevemente conosciuto mia figlia. Nella mia rabbia verso Dmitri, non ho pensato lucidamente alla mia famiglia.

Il mio telefono vibra. È Dmitri.

«Hai intenzione di rispondere?» domanda Allie. Sbircia il telefono, allargando il sorriso, come se fosse felice di vedermi soffrire. So che non è così, ma diamine se lo sembra.

Con un lamento mi dirigo fuori dal soggiorno. Ho bisogno di privacy se voglio parlare con lui. Entro nella mia camera e chiudo la porta. Mi prendo un secondo per ricompormi prima di accettare la sua chiamata.

«Cosa vuoi, Dmitri?» chiedo. Se sta chiamando per scusarsi, non sono pronta per ascoltarlo.

«Dove diavolo sei? È tardi e ho fatto il giro del vicinato una dozzina di volte per cercarti.»

«Sono a casa.»

«A casa? Come sei arrivata a casa?» si ferma per un momento. «Non hai preso la metro. Hannah è andata in quella direzione e ha preso il treno. Tu hai preso un taxi» dice, rispondendo alla sua domanda su come sia arrivata a casa.

«No, qualcuno mi ha dato un passaggio» non voglio mentirgli.

«Sei entrata nella macchina di uno sconosciuto?»

«Non era uno sconosciuto» ribatto. «E poi, tu hai reso chiaro il fatto che pensi di potermi tenere al guinzaglio e dirmi per chi posso o non posso lavorare. Be', ti sbagli. Questa finta relazione è ufficialmente finita» chiudo la chiamata, rifiutandomi di litigare ancora con Dmitri. Non stiamo insieme. Non siamo una coppia. È finita.

Spengo il telefono, non voglio ricevere altre chiamate o messaggi stasera. Lo lascio sul mio comodino per togliere ogni tentazione e torno in soggiorno da Allie.

«Si è scusato?» domanda Allie, guardandomi mentre cammino per la stanza e mi siedo accanto a lei.

«No, ma non gli ho neanche dato il tempo di farlo. È finita.»

«Credevo che ti piacesse davvero?» Allie aggrotta le sopracciglia e mi fissa. Sta aspettando che mi metta a piangere?

Non siamo stati insieme per così tanto. Diavolo, non siamo mai stati niente di più che amici di letto. Sì, mi mancherà il sesso, ma non è nulla che non possa soddisfare con un nuovo vibratore. Dmitri è un milione di volte meglio di qualsiasi vibratore abbia mai avuto, ma non ne vale la pena. Quello che avevamo non era nemmeno reale.

«Rimetti il tuo programma» dico, piegando le gambe sul divano. Fa male, provo dolore per la perdita di che cosa? Lui non era mio. Mi serve una distrazione, e forse il programma di Allie mi farà dimenticare Dmitri, anche se solo per qualche ora.

Mi addormento sul divano. Il citofono di casa suona, strappandomi dal sonno.

«Non rispondere» borbotto, stropicciandomi gli occhi.

Allie mette il suo programma in pausa.

«Che ore sono?» chiedo. Quanto ho dormito?

«Quasi mezzanotte» sa che dovrebbe già essere a letto, ma ha strappato un'altra serata perché mi sono addormentata sul divano.

Il citofono suona ancora. Sbuffo e mi alzo in piedi, andando verso la porta. Premo il pulsante per rispondere.

«Che c'è?» sono nervosa e lui sta mettendo a dura prova la mia pazienza. Presumo sia Dmitri. Chi altro passerebbe da casa mia di lunedì notte?

«Possiamo parlare?» chiede Dmitri. La sua voce è calma, più di quanto avessi anticipato.

«Chiamami.»

«Va diretto alla segreteria. Hai il telefono spento.»

«Sì, lo so. Non volevo parlare con te.» Non riesce a capirlo?

«Voglio spiegarmi. Ti prego, Sadie, dammi cinque minuti. Dopodiché me ne andrò e non mi vedrai mai più.»

Allie sta guardando dal divano. Ha spento la televisione perché è tardi ed è stata beccata, ma non è ancora andata a letto.

«Cinque minuti» premo il bottone, facendolo entrare.

«Lo fai salire? Credevo lo odiassi» dice Allie.

«A letto» indico la sua camera.

Allie sbuffa e lascia il telecomando sul divano. «D'accordo. Non sei divertente quando sei scontrosa» si lamenta per tutto il tragitto fino alla sua camera da letto e mi aspetto di sentire la porta sbattere, ma non lo fa. La ragazzina sta cercando di origliare. Grandioso.

La privacy è un lusso che non ho. E se parlo con Dmitri sul pianerottolo fuori dal mio appartamento tutti i miei vicini sentiranno. E non voglio che lui fraintenda, invitandolo in camera da letto.

Sento un leggero colpetto alla porta e la apro, facendo entrare Dmitri. «Che vuoi?» chiedo, incrociando le braccia al petto. Sono stanca e non sono dell'umore per gestire la sua ossessività.

Viene verso di me, le sopracciglia aggrottate. «Ero preoccupato per te stasera.»

«Sto bene» faccio un passo indietro, mantenendo dello spazio tra di noi. Sono brava a tenere le distanze, a costruire pareti intorno al mio cuore. Ho avuto anni di allenamento.

«Se è finita, va bene, lo accetto, ma non accetto che tu lavori per *lui*.»

«Sei geloso? Altrimenti non capisco perché mai ti debba importare per chi io lavori.»

«Antonio è un mostro. È responsabile di dozzine di crimini. Non è solo un delinquente di strada, Sadie. Quell'uomo è subdolo e ti porterà a fondo con lui.»

Mi siedo sulla sedia davanti al divano, dove c'è posto solo per uno, obbligando Dmitri a stare in piedi o a sedersi di fronte a me, tenendo la distanza tra di noi.

«Non ho intenzione di fare niente di illegale» dico. «Supponendo che quello che dici sia vero.»

«Lo è» si avvicina. «Ti assicuro che è la verità, al cento per cento. Non è un brav'uomo.»

Rido sottovoce. «Diamine, Dmitri. Non sto con lui. È solo un lavoro. Perché ti importa tanto per chi lavoro?»

Lui prende un lungo respiro e non risponde subito. «È pericoloso, e odio vederti immischiata nei suoi sporchi affari. Ti trascinerà sul fondo, dandoti la colpa per i suoi crimini.»

«Sono una barista, tutto qui» ribatto, enfatizzando che non sono coinvolta in niente di illegale. «C'è un buttafuori alla porta che controlla i documenti. Io non gestisco prenotazioni o conti. Non sono coinvolta nello spaccio di droga, armi o qualsiasi cosa tu creda che lui smerci.»

Si avvicina, le mie ginocchia si scontrano con le sue gambe. «Non voglio che ti venga fatto del male, o peggio, che lui se la prenda con la tua famiglia. Sa che hai una figlia?»

«Stai esagerando» spero si sbagli, che Antonio non sia niente di più che un padre di famiglia e che Dmitri lo abbia confuso con qualcun altro.

«Vorrei che fosse così.»

«È tutto?» chiedo, aspettando che lui sganci un'altra bomba su di me stasera.

«La cena è stata un disastro. Luka e Hannah mi stanno chiedendo che cosa è successo. Ho bisogno che tu finisca quello che avevamo concordato. Ancora due appuntamenti.»

DMITRI

CHE CAZZO DI DISASTRO. Quando Sadie ha annunciato il suo nuovo lavoro al Moretti's Bar, era stato come se avesse urlato dal tetto che lavora per la mafia italiana. Oltre al danno anche la beffa. Se avesse voluto andarsene dall'appuntamento, bastava che lo dicesse. Ma la mafia italiana? Sono i nostri più grandi nemici. Non che lei sappia che io lavoro per la Bratva russa. Ho saputo tenere bene il segreto. Dopo essere passato da casa sua e aver scoperto che la ragazza è più cocciuta di me, non mi rimane altra scelta: mettere una guardia fuori dal suo condominio e tenerla sotto costante sorveglianza. Non era solo un mio ordine. Mikhail ha avanzato la stessa richiesta. Vuole assicurarsi che lei non mi stia usando per ottenere informazioni da riferire agli italiani. Ma io non le ho detto niente. Ciò nonostante, mi solleva il fatto che ci sia una guardia sotto casa sua. Mi sento meglio al pensiero che l'incolumità sua e di Allie sia al sicuro.

Mantengo un profilo basso con Sadie. Non è particolarmente difficile, considerando che lavoro cinque notti su sette e le altre due le passo a cercare informazioni su dove si trova Anton. Un uomo come Anton non può semplicemente sparire. E i contatti che ha sono gli stessi che hanno Mikhail e la Bratva. Svanire senza lasciare una traccia con Savannah è inconsueto, ma non impossibile.

Qualcuno lo stava aiutando. Ma chi? Le domande mi vorticano per la testa, facendomi girare e rigirare nel letto la notte. Se non sono le mie premurosità per Sadie a tenermi sveglio, dev'essere il fatto che ero dato per morto, e Nikita era stato portato in ospedale. Qualcosa non andava.

Non posso sfruttare le risorse della Bratva senza che Mikhail ne sia informato. Nel pomeriggio, vado in un internet café del posto per usare la loro connessione e ingaggiare un investigatore privato. Gli dico tutto ciò che so su Anton e Savannah, usando un telefono usa e getta per comunicare con lui. Non voglio nulla di tracciabile o ricollegabile a me. Non so cosa farò quando troveremo Anton, ma mi servono risposte.

Esausto, sfrego il sonno via dalle palpebre e cerco di tenermi sveglio con un doppio espresso. Sorseggio il caffè bollente ed esco dal café. Girando l'angolo, per poco non mi scontro con Sadie.

«Mi stai seguendo?»

«No, stavo lavorando» le dico.

Si guarda intorno. «Il tuo locale non è qui in zona.»

Fisso dritto in quel suo sguardo penetrante, sorseggiando l'espresso. «Tu come lo sai?» sono sicuro di averle detto che lavoro al Club Sage, ma non avevo mai rivelato l'ubicazione. Dubito che lo sapesse senza averlo cercato.

Non risponde alla mia domanda. «Sono le due del pomeriggio. Cosa hai davvero in mente?» mi squadra dalla testa ai piedi e nota il caffè che ho in mano. «Eri in un internet café?» chiede, alzando un sopracciglio.

«Facevo giusto delle ricerche.»

«E non hai un computer a casa? Pensavo che fossi il Bearded Bad Boy» dice, e io tiro un profondo sospiro.

«Lo sono» rispondo, confermando i suoi sospetti. Non che lei abbia idea che uso la console per i traffici di pistole, droga e armi, qualsiasi cosa Mikahil mi chieda di fare. Le conversazioni non sono tracciate. È il mezzo perfetto per non alimentare sospetti. «Il mio PC è a riparare, quindi sono costretto a venire qui finché non sarà pronto.»

Annuisce, apparentemente soddisfatta della spiegazione.

Nel pomeriggio, le strade sono abbastanza affollate di gente che brulica per la città. Intravedo Ivan dall'altra parte della strada. Sadie non l'ha visto, e mi sposto leggermente così che lei sia di spalle senza poterlo vedere.

«Come sta Allie?» domando, cambiando argomento.

«Le stai simpatico. Ma pensa che sei un deficiente per non avermi mandato dozzine di mazzi di fiori, cioccolatini, eccetera...»

Non capisco se è una provocazione. «Lo terrò a mente.»

«Tu invece... stai bene?» mi chiede prima di serrare le labbra. C'è qualcos'altro che vuole dirmi?

«Perché non dovrei? Era solo una relazione finta» emetto una risata forzata.

«Non è quello» dice, avvicinandosi. Mi prende la mano, quella che non sta reggendo il caffè, e la stringe. «Ti hanno sparato, Dmitri. Non posso fare a meno di pensare a chi sia stato e se tornerà a finire il lavoro» aggrotta le sopracciglia e si morde il labbro inferiore.

«Non stare in pensiero per me. So badare a me stesso.»

«Davvero? Perché ti ho trovato nella foresta, ferito, e saresti morto dissanguato se non avessi chiamato aiuto» il suo tono è avvolto dalla preoccupazione. Mi stringe la mano. È preoccupata per me. Non capisco perché le interessi.

«Non ne sarei così sicuro» rispondo. «Avrei potuto strisciare fino alla strada più vicina e chiedere soccorso a qualcuno.»

«Non eri in grado di muoverti quando ti ho visto.»

Sono costretto a crederle perché non ricordo nulla di cosa è successo dopo essere finiti nella foresta. Il resto è offuscato, un vuoto mentale.

«Non mi ricordo» dico, guardando i suoi occhi preoccupati. «Ma sto bene. È stata solo un'incomprensione.»

«Sicuro?» chiede Sadie. «Perché conosci bene gli italiani» tiene la voce bassa, sporgendosi verso di me per assicurarsi che nessuno possa origliare. Ma tutto intorno c'è il rumore del traffico e dei passanti, riesco a malapena a sentirla, nonostante le stia vicino.

«Cosa vuoi insinuare?» domando.

«È stata la mafia a spararti?» chiede Sadie. I suoi occhi sono pieni di angoscia. Mi sarebbe facile mentirle e dare la colpa ad Antonio e ai suoi uomini. Forse mi darebbe ascolto, si licenzierebbe da quello stupido bar per venire a lavorare da noi. Inorridisco all'idea di lei che lavora al Club Sage, anche come barista. Non voglio che a Nikita o Mikhail venga l'idea di metterla sul palco. Ucciderei chiunque la guardi come la guardo io.

Merda. Che diavolo mi prende? La fronte inizia a sudarmi, e trascino i piedi, spingendo Sadie lontano dal marciapiede facendola appoggiare al muro in mattoni dell'edificio.

La sua mano si posiziona sul mio fianco. La sua presa è possessiva. Era di proposito?

Non riesco più a trattenere il bisogno di baciarla. La spingo contro il muro, e le mie labbra si fiondano sulle sue. La scoperei anche di fronte a tutti. Ma mi accontento del sapore delle sue labbra. Le accarezzo i capelli, accentuando il bacio. Lei geme, il suono mi accende un fuoco dentro, invogliandomi a portarla fuori e mostrare a tutti che lei è mia. Poi, interrompo il bacio, appoggiando la mia fronte alla sua.

«Non ricordo mi ha sparato» sussurro. Non è una bugia, ma ricordo chi c'era nel veicolo quel giorno: Nikita, Anton e Savannah. Uno di loro doveva essere il responsabile.

Ci mette qualche istante a ricomporsi. Mi guarda stralunata, come se non ricordasse la domanda. Mi piace il fatto di essere entrato nella sua mente. Bene. Mi piace avere il controllo su di lei, la capacità di lasciarla senza parole.

Si lecca le labbra su cui la mia lingua era posata secondi prima. Sadie tira un nervoso sospiro, fissandomi. «Per favore non dirmi bugie, Dmitri. Sei della mafia italiana?»

Mi viene da ridere alla domanda. L'assurdità ha dell'incredibile. Non è al corrente che gli italiani e i russi hanno due organizzazioni separate nella città? Non è tenuta a saperlo. Può rimanere innocente riguardo l'oscurità che ci circonda. La ragazza non ha idea della profondità di ciò in cui è caduta. Sadie è fortunata di non stare annegando.

«Sono russo» è tutto ciò che le dico. Non voglio mentirle. Ma raccontarle tutto sarebbe assurdo. Non ha bisogno di sapere che sono della Bratva. Non le sarebbe certo d'aiuto.

Se lei si tradisce, rischiamo di farci uccidere entrambi.

Non mi spaventa la morte, ma non voglio che a Sadie o a sua figlia venga fatto del male. Si meritano di meglio.

Socchiude gli occhi come se stesse cercando il senso di ciò che ho detto. Col braccio le avvolgo le spalle e ci dirigiamo lontano dal muro tenendola stretta a me. «Possiamo smettere di litigare?» le chiedo. Voglio portarla con me al matrimonio di Luka. Voglio che venga alla cena prenuziale, e anche se non siamo una coppia, mi piace passare il tempo con lei.

«Credo che l'abbiamo già fatto» dice Sadie, guardandomi mentre camminiamo fianco a fianco. «A patto che tu non abbia da ridire su dove lavoro.»

Ho occhi su di lei costantemente. Sarei il primo a sapere se qualcuno le dà fastidio.

«Posso farcela» dico. Prima o poi si licenzierà. Non ne ho alcun dubbio. Antonio rivelerà il suo vero volto, e quando lo farà, lei verrà di corsa da me. Spero solo che non ne resterà traumatizzata o peggio ancora. Ma non posso tenerla chiusa in una gabbia dorata. Non sono io che devo proteggerla. Non importa quanto voglia tenerla al sicuro, è una donna adulta in grado di fare le proprie scelte. Non importa quanto stupidi possano apparire. E provarle che Antonio è della mafia italiana significherebbe rivelarle i miei segreti e per chi lavoro, la Bratva russa.

«Come sta Allie?» chiedo, guardando Sadie mentre le cammino affianco, tenendola stretta a me. Se fosse per me, non la lascerei mai andare.

«Bene. Non sopporta il fatto di dover tornare a scuola tra qualche settimana, ma oltre a questo, è un raggio di sole.»

C'è del sarcasmo nella sua voce. «Ti ha fatto tribolare a casa tutta l'estate?» le chiedo.

Sorvola la mia domanda. «Allie chiede di te in continuazione. Vuole sapere perché sono arrabbiata con te, perché non mi hai mandato dei regali per farti perdonare, come nei film...» la sua voce si abbassa.

Avrei dovuto mandarle un regalo? Questa mi era nuova. Lei lavorava per il nemico. Non è esattamente una situazione da fragole coperte di cioccolata.

«Be', dille che l'abbiamo risolta da adulti.»

«Glielo farò presente la prossima volta che chiede» si adagia a me. Le sue labbra sono ancora rosse e gonfie dal nostro bacio appassionato.

«Vuoi che venga da te stasera?»

«Mi piacerebbe, ma devo lavorare questa sera.»

«Merda, anch'io» ride e si dà un colpetto sulla fronte, portando la testa indietro. «A volte sono proprio un idiota.»

«Non è vero» rispondo, stringendo la sua mano e intrecciando le mie dita alle sue. «Quand'è il tuo prossimo giorno libero?»

«Mercoledì.»

«Anche il mio» rispondo.

«Allora abbiamo un appuntamento.»

————

Non avevo il mercoledì libero, ma ho convinto Nikita a cambiarmi il programma perché devo sistemare questa faccenda con Sadie.

Lui pensa ancora che siamo una coppia, in litigio dopo aver scoperto dove lavora. Ma in fin dei conti Nikita è comprensivo riguardo la situazione con Sadie, visto che lei non sa che siamo della Bratva.

Non m'importa. Il fatto è che sono pazzo di lei. Sarà anche proibita per me, ma io l'ho trovata prima degli italiani. Questo non la rende forse *mia*? Se non fosse che la nostra relazione è del tutto falsa, tranne il sesso. Quello è reale.

Parlando di cose complicate. Invece di portarle dei fiori come le nostre due ultime uscite, stasera le porto una scatola di ciliege e fragole coperte di cioccolata. Una combinazione con cui spero che lei si lasci imboccare, a letto, nudi.

Ivan è fuori dal condominio, per assicurarsi che nessun viso italiano conosciuto appaia. «Puoi andare a casa» gli dico. «La terrò d'occhio io stasera.»

Ivan ghigna e mi dà un colpo sul braccio prima di tornarsene alla sua auto.

Suono il citofono, annunciando il mio arrivo per la nostra serata. Tecnicamente non è un appuntamento visto che non siamo una coppia. Si tratta solo di passare una bella serata insieme. E più importante, è l'occasione per strapparle i vestiti di dosso e godere di ogni centimetro del suo corpo.

Il portone d'ingresso si apre. Mi lancio nell'ascensore e premo il bottone per il sesto piano. L'ascensore è soffocante, specie con cappotto elegante e cravatta addosso. Sono vestito molto più casual stasera. In fin dei conti, non dobbiamo comunque strapparci i vestiti di dosso?

Jeans blu scuro e una camicia bianca sono il completo per cui ho optato. Slaccio un bottone della camicia. Qualcuno ha acceso il riscaldamento nell'edificio? È estate, cazzo. È la stagione dell'aria condizionata.

Spero che la cioccolata non si sciolga nel tragitto in ascensore. Immagino che se così sarà, dovrò spalmare il dolce sul ventre nudo di Sadie per poi leccarlo.

Le porte dell'ascensore si aprono con la lentezza di una lumaca, e scivolo fuori prima che siano del tutto aperte. Mi lancio verso il fondo del corridoio e busso con vigore alla porta. Sento il rumore di passi, e Allie apre la porta, squadrandomi dalla testa ai piedi. «Niente fiori?» incrocia le braccia al petto, delusa.

«Ho portato il dolce» dico, mostrando la scatola nella mano destra.

I suoi occhi si illuminano. «Ottimo. Perché morirari di fame con quello che ha preparato mamma.»

Tiro un sospiro di sollievo quando mi fa cenno di entrare. Mi chiudo la porta alle spalle e tolgo le scarpe, avendo notato che tutti gli altri avevano le hanno lasciate all'entrata.

«C'è un buon odore qui» le dico.

Sadie è affacendata in cucina, ai fornelli a preparare la cena.

«Lo dici perché devi» mi canzona Allie mentre entra in cucina. «Ti ha portato un regalo.»

Mostro la scatola di dolci a Sadie, appoggiandola sul bancone vuoto. «Posso essere d'aiuto?» propongo.

«Ti spiacerebbe aiutare Allie ad apparecchiare?»

«Volentieri» rispondo.

Allie contribuisce a malapena, preferendo lasciar fare a me, indicandomi dove trovare l'occorrente. Deduco che Sadie sia presa dalla bambina, e non riesco neanche a immaginare come sarà quando inizierà a guidare e frequentare ragazzi.

La cena consiste in pesce abbrustolito ai ferri, asparagi e un'insalata dell'orto. C'è anche una ciotola di frutta sul tavolo con pesche fresche non affettate. Sembrano squisite come tutto il resto. Scopro che Sadie è una cuoca niente male, anche se Allie gioca col cibo muovendolo per il piatto più che mangiarlo.

«Non ti piace il pesce?» chiedo, per conversare con Allie. Non capisco se non abbia fame o qualcosa la infastidisce.

«Non è questo» risponde Allie, lasciando cadere la forchetta che atterra sul piatto con un clangore. «La mamma non vuole che vada a trovare mia cugina, Olivia.»

«Si sono appena trasferiti in Nuova Scozia» continua Sadie. «Ci sei mai stato?»

«Purtroppo no.» Finisco ciò che rimane nel mio piatto. La cena era eccellente, la cucina di Sadie mi ha sorpreso, specialmente dopo il commento di Allie al mio arrivo.

«È stupenda» commenta Allie. Gli occhi le si illuminano mentre ne parla. «Olivia mi manda delle foto. Voglio tanto andarci, ho un'altra settimana di vacanza prima di tornare a scuola.»

«Hai idea di quanto costi un volo last minute?» chiede Sadie, squadrando la figlia. «Non hai il concetto dei soldi, Allie.»

«So che hai dei soldi da parte e puoi benissimo pagare il mio volo per visitare Olivia. Hai anche un nuovo lavoro. Scommetto che ti pagano più di quanto prendevi all'albergo. Andiamo, per favore» Allie fa una smorfia imbronciata col labbro inferiore.

«Non è il caso di parlarne a tavola davanti a un ospite.»

«È il tuo fidanzato» replica Allie, e fa spallucce per dire che non è un problema. «Posso provare a chiedere se il jet privato è disponibile, e possiamo fare un viaggio di famiglia» dico tutto d'un fiato.

Gli occhi di Allie si spalancano, rimane a bocca aperta. «Hai un jet privato?»

«Dmitri!» intima Sadie. «Sarebbe toppo.»

«Non prometto nulla, ma se è disponibile, posso richiedere il volo e dei giorni liberi al lavoro.»

Sadie sospira e si massaggia in mezzo agli occhi. «Non credo che io possa chiedere dei giorni liberi.»

«Dmitri può portarmi» gli occhi spalancati di Allie si rivolgono prima a me e poi alla madre.

«Non credo che sia questo che Dmitri abbia in mente per la vacanza» dice Sadie.

Ha ragione. Avrei volentieri passato del tempo con tutte e due, ma l'idea di accompagnare Allie in Canada non mi entusiasma. Almeno non sta proponendo di andarci in pieno inverno.

«Convinci il tuo capo» dice Allie. «Fai ancora la carina con lui.»

«La carina con lui?» chiedo, punzecchiando Sadie con lo sguardo. Cosa diavolo fa in presenza di Antonio? Lui è sposato, ed è uno dei più infimi e spietati uomini che io conosca.

Sadie arrossisce e inizia a giocare coi capelli, girandoli fra le dita mentre ricambia il mio sguardo. C'è qualcosa che nasconde, ma non vuole rivelarlo di fronte alla figlia tredicenne.

«Non faccio la carina proprio con nessuno» dice, guardandomi torva.

Ho la bocca asciutta, e porto la mano al bicchiere d'acqua quasi vuoto, prendendo un sorso.

«Voi due siete disgustosi» Allie allontana la sedia dal tavolo. Afferra il suo piatto, portandolo al lavandino per lavarlo prima di andare verso il salotto.

Mi rallegro di rimanere solo con Sadie.

Dal tavolo riesco a vedere Allie. Prende gli occhiali della realtà virtuale e gli allaccia in testa, stringendoli al punto giusto. Per lo meno ora non può vederci e forse neanche sentirci, col volume alzato.

«Dovresti tenerla d'occhio quando gioca online con altre persone» le consiglio.

«Ancora non posso credere che tu sia Bearded Bad Boy» esclama Sadie con una risata genuina.

«Da cosa l'hai capito?»

«La stella che hai tatuata» risponde, indicandomi il petto. «È la stessa che hai nella foto del profilo.»

Prendo il mio bicchiere d'acqua, desiderando che sia qualcosa di più forte. Bevo gli ultimi sorsi. Non le dico che il tatuaggio contraddistingue i membri della Bratva. Se lei non ha scoperto il segreto, non sarò certo io a dirglielo.

«Dovresti portare i tuoi occhiali qualche volta. Potremmo giocare insieme» mi propone.

Non rispondo. Sicuramente fare qualcosa tutti insieme sarebbe divertente. Ma la realtà è che ho quegli occhiali solo per connettermi con uomini d'affari loschi. Il tempo che ho passato effettivamente a giocare è minimo.

«Potremmo, ma ho un'idea migliore per divertirci noi due.»

Sadie ridacchia sommessamente. «Attento, Allie è nella stanza accanto.»

Dubito che possa sentire i nostri bisbigli col volume a palla della realtà virtuale.

«Ho portato il dolce» le ricordo, alzandomi per andare a prendere le fragole e le ciliegie coperte di cioccolata. Non sapevo quali preferisse, quindi ho optato per entrambe.

Il telefono usa e getta mi vibra in tasca, lo prendo per rispondere alla chiamata.

«Pronto» rispondo. C'è solo una persona che ha questo numero.

«Ho buone notizie. Ho rintracciato la sorella di Lucy in una piccola città del Montana. Sono in una baita sperduta a Breckenridge.»

Emetto un respiro che non mi ero accorto di trattenere.

«È effettivamente una buona notizia.»

Lo sguardo di Sadie è rivolto a me mentre lava i piatti. Scuoto la testa, per dirle di lasciare che lo faccia io.

«Hai l'ubicazione esatta? Un indirizzo?»

«Te lo invio per messaggio» dice.

«Grazie» chiudo la chiamata e aiuto Sadie coi piatti.

«Tutto a posto?» mi chiede, squadrandomi dal lavandino.

«Ho un indizio sull'uomo che mi ha sparato.»

«Cosa?» un bicchiere le cade dalle mani e si schianta sul pavimento, frantumandosi in minuscoli frammenti. Gemendo, Sadie si china per raccogliere i cocci. «Merda» impreca sottovoce mentre una scheggia di vetro le si inficca nella mano. Sadie attraversa di corsa il corridoio verso il bagno, sbattendo la porta.

Tra il tonfo della porta e Kona che abbaia, Allie rimuove gli occhiali. «Va tutto...» non finisce la frase.

«Tieni il cane fuori dalla cucina» le dico cosa fare. «Pulisco io a terra dopo aver visto se tua mamma si è fatta male.»

Allie afferra Kona per il collare e la trascina in camera da letto, chiudendo il cane al sicuro dai vetri in cucina.

Busso con vigore alla porta del bagno. «Sadie?»

«Sì» risponde Sadie con un gemito.

«Fammi entrare. Ti aiuto con la fasciatura.»

Sento lei muoversi dietro la porta e la serratura aprirsi, così che io possa entrare. «È aperto» mi comunica.

Il suo palmo è rivolto in su. Ha un paio di pinzette metalliche sul lavandino accanto a una bottiglia aperta di alcol.

Kona continua ad abbaiare dalla stanza, e io chiudo la porta del bagno per ridurre il rumore.

Le prendo la mano ferita, portandomela vicino al viso per esaminarla meglio. Non esce sangue perché il frammento di vetro è ancora incastonato nel suo palmo. È piccolo, la dimensione di una scheggia, ma sicuramente fa un male cane.

«Ho provato con le pinzette, ma non sono mancina.»

Prendo le pinzette e in pochi secondi rimuovo il frammento di vetro, prima di metterle il palmo sotto l'acqua corrente.

Le sue guance sono arrossate, e gocce di sudore le colano lungo la fronte. «Stai bene» le dico, sfoggiando un sorriso rassicurante. Ho visto ferite ben più gravi. Diamine, anche lei, quando mi hanno sparato.

«Le bende?» chiedo.

Mi indica l'armadietto dei medicinali, lo apro ed estraggo una piccola benda da apporle alla mano.

«Ecco fatto» le avvicino la mano alle mie labbra e do un bacio alla ferita coperta.

«Grazie, Dmitri.»

«E di che?» le metto una ciocca di capelli dietro l'orecchio, il mio sguardo fisso sul suo. «Vado a raccogliere i pezzi di vetro. Credo che Kona voglia uscire.»

«Probabilmente» dice Sadie. «Cosa dicevi riguardo chi ti ha sparato?»

Non le sfugge nulla. Forse non avrei dovuto dirle quanto ho detto, che era quasi nulla.

«Non so chi mi abbia sparato esattamente, ma ricordo chi c'era nella macchina prima che accadesse.»

«E tu sei sicuro che sia stato qualcuno che conosci? Voglio dire, non è stato un incidente?»

«È quello che voglio scoprire» non le dico che le probabilità che sia stato un incidente sono basse. Il fatto che fossi con Nikita a cercare Anton e Savannah lo rende poco probabile.

«Ti hanno detto dove si trova?»

Fa un sacco di domande stasera. «Una piccola città in Montana» apro la porta del bagno e torno in cucina per rimuovere i cocci di vetro prima che qualcun'altro si faccia male.

Sadie mi segue. «Vuoi andare a trovarlo?» c'è una nota di paura nella sua voce. Non sa davvero cosa sia la paura, avere la vita appesa a un filo, o essere sul precipizio della morte.

«L'idea è quella» rispondo. Mi chino in cucina, tolgo i pezzi di vetro, un frammento alla volta, attento a non farmi male a mia volta. Dopo aver tolto tutti i pezzi che potessi vedere, non sono ancora certo che sia sicuro passarci sopra. «Hai un'aspirapolvere per assicurarmi che non rimangano delle schegge?»

«Certo» dice Sadie. Corre in fondo al corridoio e torna con l'aspirapolvere.

Noto con sollievo che è un'aspirapolvere con sacchetto, così non c'è il rischio di ulteriori ferite. Passo l'aspirapolvere in cucina, assicurandomi che non ci sia pericolo per Kona nel passare sopra il pavimento o leccarlo. Dopo aver deciso che fosse sicuro, Sadie fa uscire Kona dalla stanza da letto.

«Dove metto l'aspirapolvere?» domando.

C'è un ghigno sul suo viso mentre mi guarda dalla testa ai piedi. «Lo metto via dopo. Lascialo pure contro il muro nell'angolo» dice lei. «Allie, hai dato da mangiare a Kona?»

La ragazzina sbuffa e va a dar da mangiare al cane prima di portarla fuori.

«È sicuro per lei uscire da sola?»

Per me sarebbe impensabile far uscire da sola di notte una figlia di tredici anni se ne avessi una.

Sebbene non sia un quartiere pericoloso, non posso fare a meno di preoccuparmi per lei, specialmente dal momento che Sadie lavora per gli italiani.

«Non è un problema» mi rassicura Sadie, e cambia postura presa dal dubbio. Sta riconsiderando la decisione. «Dovrei essere preoccupata?»

«Lascia che vi tenga d'occhio entrambe» suggerisco. «Tu puoi occuparti del dolce.»

Mi dirigo alla porta e infilo le scarpe.

«In che modo dovrei occuparmene?» chiede Sadie.

«Puoi portarlo in camera» esco dalla porta prima che possa rispondere.

UNDICI
SADIE

LASCIO che Dmitri mi porti velocemente sul suo jet privato, anche se è molto meno romantico di quanto sembri. Ci fermiamo in Nuova Scozia per lasciare Allie per la settimana prima di dirigerci a Breckenridge per investigare quanto successo il giorno in cui hanno sparato a Dmitri. Sembra pericoloso, e sono grata che Allie sia al sicuro con sua zia e sua cugina mentre facciamo una deviazione in Montana. Una deviazione che è tecnicamente nella direzione opposta.

Devo un grande favore a Dmitri per aver accompagnato Allie dai nostri parenti. È felice di passare del tempo con Olivia e io sono grata di stare per un periodo lontana da casa.

Non riesco a immaginare come Dmitri possa permettersi un jet privato, ma è chiaro che non sia lui il proprietario e che lo abbia preso in prestito dal suo capo. *È lo stesso uomo che possiede lo strip club?* Diamine, la paga deve essere ottima per avere un jet privato, anche se era solo co-proprietario. È comunque piuttosto impressionante.

«Sei incredibilmente silenziosa» dice Dmitri mentre ci prepariamo ad atterrare.

«Non mi piace volare» rispondo. A dire il vero, la parte peggiore è il nervosismo di dover passare i controlli di sicurezza in aeroporto, preoccuparmi di perdere il volo o lunghi ritardi al gate.

Potrei abituarmi a viaggiare privatamente, non che possa permettermelo.

«Anche nel lusso?» chiede Dmitri, alzando un sopracciglio.

«Questo è molto piacevole» mi appoggio alla morbida poltrona in pelle. È girevole e non ha nulla a che vedere con quelle dei voli commerciali. «Il tuo capo non ha avuto problemi a prestarti l'aereo?»

«Uno dei vantaggi del mio lavoro» risponde lui con una risata. Deve essere molto amico del suo capo.

Una volta atterrati, Dmitri ha una macchina a noleggio pronta per noi. Apre il bagagliaio e sistema le nostre borse prima di arrivare al posto del passeggero per aprirmi la portiera.

Mi aspetto che il viaggio duri delle ore visto che ci troviamo nel mezzo del nulla, ma non sembra essere il caso. In pochi minuti, arriviamo al Blu Sky Resort. È un hotel con impianto sciistico, anche se fa troppo caldo per sciare in questo periodo dell'anno. La facciata dell'edifico è stata recentemente dipinta di blu e bianco. Hanno ristrutturato?

Esco dal veicolo e Dmitri mi accompagna dentro. Ha già prenotato e prende due chiavi, dandomene una. Non che abbia intenzione di esplorare la cittadina senza di lui. L'unica ragione per cui sono nel Montana è per assicurarmi che lui stia bene. Dopo tutto quello che ha passato, non mi sembrava giusto lasciarlo venire da solo. Non ha nessuno. E per qualche motivo, io voglio essere il suo qualcuno. Il che è da pazzi dato che siamo solo amici. Amici che a volte vanno a letto insieme e che vanno a finti appuntamenti per aiutarsi a vicenda. È questo che fanno gli amici, vero?

Dopo aver effettuato il check-in, lasciamo le borse in camera e usciamo per cenare. Si sta facendo tardi e muoio di fame. «Quando andremo all'indirizzo che hai avuto?» chiedo.

«Domani.»

Non ho idea di cosa abbia intenzione di fare quando vedrà l'uomo che gli ha sparato. *Dev'essere stato un incidente, giusto? Perché lasciare Dmitri? Chi ha sparato pensava che sarebbe finito in prigione per omicidio? E io giuro di aver sentito due colpi di pistola. L'altro colpo era stato sparato in aria?* C'era solo un corpo. La mia testa gira pensando a tutte le differenti ipotesi su quanto successo quel giorno.

Optiamo per un ristorante sulla montagna, che ci regala una bellissima vista sul tramonto durante il tragitto in macchina. Il mio telefono vibra nella borsa, e lo prendo, controllando chi sia. È il lavoro. Sono sorpresa di avere campo qui in cima.

«Pronto?» riconosco la voce di Antonio. Non sta parlando direttamente al telefono. Mi avrà chiamata per sbaglio?

«Ti sei messo in mezzo. Non mi hai lasciato altra scelta che prendere in mano la situazione» dice

Antonio. Un altro uomo implora di risparmiargli la vita, piangendo. Uno sparo rimbomba dal telefono.

Urlo e riattacco.

«Che succede?» chiede Dmitri.

Mi tremano le mani, e il mio stomaco si contorce. «Accosta. Sto per sentirmi male.»

Stiamo risalendo la montagna, e non c'è molto spazio per accostare. Ma lui spegna il motore, e io spalanco la portiera, salto fuori e vomito sul ciglio della strada.

Lui spegne il motore ed esce, venendo a controllare.

Mi pulisco la bocca col dorso della mano.

«Stai bene?» chiede.

Apro la bocca ma non esce alcun suono. Il mio telefono squilla, e io involontariamente sobbalzo. Mi tremano le mani mentre guardo lo schermo, che mostra la chiamata in arrivo da Antonio.

Questa volta, Dmitri riesce vedere chi sta chiamando. Mi prende il telefono dalle mani e risponde. «Posso aiutarti?» chiede Dmitri.

Per un attimo cala il silenzio, e poi il suo labbro superiore si arriccia. «Non può venire al telefono» ringhia, e il suo petto si gonfia, la sua schiena alta e dritta. È pronto a combattere.

Io osservo inorridita, e gli porgo la mano, aspettando che mi restituisca il telefono.

«So chi sei, e non me ne frega un cazzo. Non mi fai paura. Sadie è sotto la mia protezione.»

Un'altra pausa, e sento la nausea riaffiorare dall'angoscia.

«Lavoro per Mikhail Barinov» dice Dmitri.

Dovrebbe significare qualcosa per Antonio? Io di certo non ho idea di chi sia Mikhail Barinov. Non riesco a sentire la risposta di Antonio e Dmitri è impossibile da decifrare. E cosa intendeva dicendo che sono sotto la sua protezione?

Lui termina la chiamata, e non sono sicura se sia stato lui a riattaccare ad Antonio o se la chiamata sia davvero finita.

«Che diamine è successo?» lo interrogo. Incrocio le mie braccia tremanti al petto. I miei occhi sono spalancati, indecisa se ciò che Dmitri ha fatto per me mi abbia messa a disagio o no. Stava cercando di aiutarmi, ma non so se invece abbia solo peggiorato le cose.

«Non c'è assolutamente verso che tu torni a lavorare per quel coglione.»

Io non volevo tornare a lavorare da Antonio. Non dopo quello che avevo sentito. Aveva ucciso un uomo a sangue freddo. Vorrei sbagliarmi, ma dallo sguardo negli occhi di Dmitri, vorrebbe urlare dalla cima della montagna: *te l'avevo detto*.

«Ha appena sparato a un uomo» sussurro, cercando di riprendere fiato. Il mio cuore continua a martellare dentro al petto. «Non dovremmo chiamare la polizia?»

«E dire loro cosa, esattamente? Non sai dove lui si trovi, a chi abbia sparato, e fidati, non ti conviene immischiarti ancora di più con gli italiani.»

Infila il mio telefono nella sua tasca e accarezza dolcemente la mia schiena. Il sole è tramontato e diventa più buio ogni minuto che passa. I fari della macchina sono accesi, come il motore, permettendoci di vedere la strada. «Dovremmo mangiare qualcosa.»

Sul serio? Ho appena vomitato la colazione. Non ho più fame. Il cibo è l'ultima delle mie preoccupazioni. «Non credo di riuscire a mangiare.»

«Zuppa. Crackers. Qualcosa che ti tolga il saporaccio dalla bocca.»

Effettivamente ha ragione. Mi farebbe bene sciacquarmi la bocca. «Va bene.»

Dmitri mi riaccompagna alla macchina e apre la portiera. Aspetta che la mia cintura sia allacciata prima di chiudere la porta e fare il giro.

Guardo fuori dal finestrino, ammirando gli alberi che costeggiano la strada sulla montagna. Dmitri si ferma davanti a un ristorante in legno nel mezzo del nulla. L'insegna all'esterno recita Capanna del Taglialegna. Uscendo dalla macchina i miei piedi sono instabili e mi tremano le gambe, ma so di essere al sicuro. Sono lontana da New York e Allie non è a casa. Non devo preoccuparmi per lei questa settimana. Tutto ciò a cui riesco a pensare è il suono dello sparo. Flash del pomeriggio in cui hanno sparato a Dmitri mi balenano nella mente. Sono immobile, incapace di muovermi da sola. Dmitri mi raggiunge appena sceso dall'auto e mi accompagna, la sua mano sui miei fianchi mentre saliamo i gradini in legno. Non aspetta che il cameriere ci faccia sedere. Trova un tavolo vuoto e mi aiuta ad accomodarmi, prima di prendere due menu e sedersi di fronte a me.

«Grazie» mormoro, con il menu sul tavolo davanti a me, ma non riesco a concentrarmi su una sola parola. È come una lingua straniera che mi fissa.

Una cameriera si avvicina al tavolo, portandoci l'acqua e spiegando i piatti del giorno. Mi scuso e mi avvio verso il bagno, per darmi una pulita e sciacquarmi la bocca. Dopo qualche minuto, ritorno al tavolo. Dmitri sorseggia il suo scotch e indica il drink alcolico davanti a lui. «Ho azzardato e ti ho ordinato un Amaretto Sour.»

Prendo volentieri il drink, voglio bruciare i ricordi dell'ultima ora. «Per dimenticare...» faccio una smorfia alle mie parole. Non ho ancora toccato il mio drink e mi sto già rendendo ridicola.

Dmitri sorride. Se si è offeso, lo sta nascondendo bene.

«Per dimenticare l'ultima chiamata» dice, facendo tintinnare i bicchieri.

Sollevo il liquido ambrato, che aiuta a uccidere il sapore che ho in bocca. Sono grata per il drink e lo finisco in pochi secondi. Faccio segno alla cameriera, ma le ci vuole un po' per raggiungere il nostro tavolo.

«Ho ordinato da mangiare anche per te» dice Dmitri. «Zuppa della casa. Ma se vuoi ordinare qualcos'altro sono sicuro che possiamo cambiare l'ordine. O aggiungere qualcosa.»

«La zuppa va benissimo» non sono sicura di riuscire a mangiare granché, ma spero che passare qualche minuto dimenticandomi di Antonio e del lavoro sarà sufficiente a farmi tornare l'appetito.

La cameriera raggiunge il nostro tavolo, e io ordino un altro Amaretto Sour mentre Dmitri ordina un altro Scotch.

«Domani, puoi restare in hotel mentre faccio visita a Anton e Savannah. Sarai più al sicuro se non sarai con me.»

«Al sicuro perché ti vogliono morto?»

La musica alta impedisce ad altri di sentire la nostra conversazione. C'è una piccola folla, radunata principalmente al bancone.

«Non posso garantire che non ci proveranno di nuovo» dice Dmitri. «E poi, non hai bisogno di affrontare un altro evento traumatico dopo stasera.»

Lascio andare un sospiro tremante. «Starò bene domani. È solo... non mi aspettavo di sentire Antonio togliere la vita a un uomo.»

«Può essere difficile da assistere» dice Dmitri.

«Parli per esperienza?» non posso pensare che lo abbia fatto, ma ha tenuto in mano una pistola prima.

Prende un sorso del suo scotch e mi lancia un sorrisetto. «Come va la pancia?» Sta cambiano argomento di proposito o sta cercando di distogliere la mia mente dalla nottata orribile che abbiamo avuto?

«Sono stata meglio, ma onestamente, quello che hai fatto per me è stato dolce e sconsiderato?»

«Cioè?» chiede Dmitri.

«Hai praticamente sgridato un boss della mafia. Voglio dire, se quello che hai detto è vero» e ho meno ragioni di dubitarlo dopo la chiamata inaspettata e non intenzionale di Antonio.

«Quello che ho detto è vero?» ripete lui.

«Hai detto che sono sotto la tua protezione. E hai menzionato il tuo capo, Mikhail. Cos'ha a che vedere con tutto questo? Come si conoscono?»

L'accenno di sorriso sparisce dal suo volto. Il suo sguardo si indurisce, mentre si raddrizza sulla sedia. «Vecchia famiglia. La sorella minore di Mikhail ha sposato Antonio.»

«Piuttosto complicato» borbotto.

«Tu hai finito di lavorare al Bar Moretti. Se ti serve un lavoro, puoi servire ai tavoli o preparare drink al Club Sage.»

«È uno strip club.»

«Hai un problema sul mio luogo di lavoro?» Dmitri mi inchioda col suo sguardo.

«No, solo che non ho intenzione di spogliarmi per nessun uomo...»

«Hai ragione. Non ti toglierai i vestiti per nessun uomo, tranne me» afferma lui. Tremo e spero che non se ne sia accorto. C'è qualcosa nel suo essere dominante che accende un fuoco dentro di me. «Non stiamo insieme» rispondo, ricordando a Dmitri che non gli appartengo. Non sono la sua ragazza. Siamo solo amici.

«Non stiamo insieme, ma forse dovremmo» dice. «Non stressarti pensando a questo, ora. Sappi solo che ti proteggerò, qualsiasi cosa accada.»

Le mie labbra si schiudono e scappa uno sbuffo d'aria. La stanza è calda, e io prendo il secondo drink che la cameriera ha appena portato al tavolo, mandandolo giù. Sono certa di avere le guance rosse, ma non mi importa. Il mio sguardo si posa sul suo petto. C'è un bottone che è quasi slacciato, e vorrei sbottonarlo completamente e aiutarlo a spogliarsi.

La cena viene servita, interrompendo il momento tra noi. Sono grata che Dmitri abbia ordinato per me. La scodella di zuppa sembra deliziosa, e dubito che il mio stomaco avrebbe retto altro stasera.

Sono stanca per il volo ed esausta da quanto successo con Antonio. In silenzio, mangio la mia zuppa mentre Dmitri addenta un panino. Abbiamo entrambi mangiato leggero stasera.

Dopo cena, torniamo al resort. Scendendo la montagna, il resort è illuminato, rendendolo facilmente visibile a distanza. Sembra una via di Las Vegas da lontano, solo che è un edificio nel mezzo del niente. È grandioso.

Entriamo nella nostra stanza. C'è solo un letto, il che mi va bene. Non è che non abbiamo mai condiviso un letto o dormito insieme.

Prendo il mio pigiama dalla borsa e lo porto in bagno per cambiarmi. Mi lavo i denti e quando ho finito, Dmitri è già a letto, le coperte tirate su fino alla vita. Non ha la maglietta, e non riesco a capire se indossa qualcosa sotto le coperte o no. Ha la luce del comodino accesa, e io spengo le altre luci. Tirando le coperte, non ammetto di essere delusa di vederlo indossare i boxer, anche se si potrebbero sfilare facilmente. Ma dopo la serata che abbiamo avuto, non lo biasimerei se non volesse baciarmi.

Spegne la luce quando mi accoccolo sotto le coperte, sdraiata accanto a lui. «Buonanotte» mormora. Il letto si muove mentre lui si gira sul fianco, un braccio sul mio girovita.

«Notte» rispondo. Mi sdraio supina e mi giro verso di lui, guardandolo. La stanza è completamente buia, rendendo improponibile vedere il suo viso a pochi centimetri dal mio.

———————

Mi sveglio presto e rotolo su un fianco, trovando l'altro lato del letto vuoto. Le lenzuola sono fresche. I miei occhi si aprono, e mi accorgo che Dmitri è in bagno a farsi la doccia.

Sfregandomi il sonno dai miei occhi, scendo dal letto e mi solleva vedere che la porta del bagno non è chiusa a chiave. Sgattaiolo in bagno e mi spoglio.

«Sadie?»

«L'unica e sola» rispondo con un ghigno mentre apro la porta in vetro ed entro nella doccia con lui.

Lui mi stringe a sé e ringhia prima che le nostre labbra si incontrino. Le mie dita si intrecciano nei suoi capelli mentre le sue mani mi stringono la vita, aggrappandosi a me come se ne dipendesse la sua esistenza. Forse è così. L'ho salvato una volta.

Il suo pene è duro e mi tocca, cercando attenzioni. Mi inginocchio, le mie labbra lo prendono mentre le mie dita gli sfiorano le palle.

«Cazzo» mormora, appoggiando la mano al muro della doccia.

Guardo in alto verso di lui, con un sorriso perfido sul viso, adorando ogni momento con lui. Trascino la mia lingua sulla sua lunghezza, e lui prende un pugno dei miei capelli con una mano, le sue dita aggrovigliano le mie ciocche. Ogni suo respiro è più profondo. Pesante.

«Sadie» geme.

Non durerà ancora per molto. E io sono felice di accontentarlo. Lo prendo ancora più profondamente in gola, ingoiando tutto ciò che mi offre.

Finiamo di lavarci insieme, le sue dita insaponano ogni centimetro del mio corpo, il suo tocco possessivo mentre mi marchia e mi reclama come sua. Morde il mio collo, punzecchiando la mia carne, le sue dita arricciate dentro di me, portandomi vicina al limite, ancora e ancora. È paradisiaco, e le mie gambe tremano mentre spegniamo l'acqua tiepida. Dmitri mi avvolge in un soffice asciugamano bianco e ne prende un altro per lui.

«Cos'abbiamo in agenda oggi?» chiedo, sapendo che lui vuole affrontare l'uomo che gli ha sparato. Non ricaverà niente di buono da questa storia.

Se quell'uomo sa che Dmitri è ancora vivo, non cercherà di ucciderlo di nuovo?

Le mie viscere si contorcono, e le mie mani tremano mentre mi vesto. Tengo i miei dubbi per me. Dmitri sarebbe venuto qui da solo se non avessi insistito per accompagnarlo. Non dovrebbe stare da solo. Diavolo, non voglio che stia da solo. Mi piace più di quanto dovrebbe per essere un amico di letto. Mi piace molto.

La cena prenuziale e il matrimonio si avvicinano. Non voglio essere la sua finta ragazza. Voglio che le cose tra di noi siano reali. Quello che condividiamo non sembra falso. E lui lo ha menzionato ieri sera, ma io sono rimata in silenzio.

Dopo esserci vestiti, facciamo una veloce colazione prima che Dmitri guidi nuovamente verso la montagna. Segue le indicazioni del GPS tra i tornanti fino a che non accostiamo fuori da un piccolo chalet in legno.

Dmitri spegne il motore. C'è un SUV parcheggiato davanti alla casa. Non c'è nessun garage o niente di frivolo. I boschi circondano la proprietà sulla montagna.

Mi slaccio la cintura e apro la portiera.

«Aspetta» dice Dmitri, la sua voce è dura. Si schiarisce la gola. «Dovresti restare in macchina.»

«Non sono venuta fin qui con te per rimanere in macchina» ignoro la sua richiesta, e lui borbotta sottovoce mentre esce dall'auto.

I nostri piedi toccano la ghiaia. Non siamo stati silenziosi nell'avvicinarci, ma non sembra importare. Nessuno esce brandendo armi o minacciandoci.

Non sono sicura di cosa mi aspettassi, ma di certo non il silenzio.

Dmitri si avvicina alla veranda in legno e bussa con forza, aspettando che qualcuno risponda.

Penserei che fossero al lavoro se non ci fosse la macchina nel vialetto. È un giorno di settimana.

La serratura scatta e una donna dai lunghi capelli biondi apre la porta. I suoi occhi blu incontrano i miei prima di posarsi su Dmitri.

«Dmitri» sussurra, e sbatte gli occhi. La sua mano si posa protettiva sul suo pancione.

«Savannah» risponde Dmitri, arricciando il naso mentre guarda oltre lei. «Anton è in casa?»

Lei non risponde ma considerato che non si è precipitato alla porta, direi che non c'è.

«Come ci hai trovati?» chiede Savannah, prendendo un lungo respiro. Rimane ferma all'ingresso, senza invitarci a entrare. I suoi occhi si muovono su Dmitri, ma non è un gesto intimo. Lo sta esaminando, cercando qualcosa. Un'arma?

«Non è stato difficile. Ho assunto un investigatore privato. Lucys sorella vive in città» dice Dmitri.

«Merda» impreca sottovoce Savannah. Scuote la testa. Impallidisce. Del sudore imperla la sua fronte. «Sei qui per ordine di Mikhail?»

Mikhail. Perché il proprietario del club dovrebbe volere che Dmitri trovasse questi due? Gli avevano sparato.

Faccio un passo indietro, cercando di combaciare tutti i pezzi nella mia testa. C'era Mikhail dietro la l'attacco a Dmitri? E in questo caso, perché si fida ancora di lui? Perché diavolo lavorava ancora per lui?

«Sono venuto per conto mio» risponde Dmitri. «Voglio sapere chi cazzo mi ha sparato. Sei stata tu o il tuo bel fidanzato?»

Le labbra di Savannah si alzano in un sorriso ironico. «Non ti ricordi?»

Le mani di Dmitri si stringono sui suoi fianchi. Se si ricordasse, non saremmo qui, cercando di aiutarlo a ricordare il giorno in cui gli avevano sparato.

La bionda continua a parlare, gli occhi fissi su di lui. «Tu e Nikita siete venuti per Anton. La Bratva mi voleva morta, e Anton ha cercato di salvarmi la vita rischiando la sua.»

«La Bratva?» sussurro, la voce bloccata in gola.

Savannah alza un sopracciglio e sposta lo sguardo da me a Dmitri. «Non dirmelo. Non le hai detto che lavori per la Bratva russa?»

Mi allontano, inciampando sul portico, ma non cado.

Dmitri si è preoccupato tanto di allontanarmi da Antonio perché comanda la mafia, ma non ha pensato di dirmi che lui non è molto meglio.

Mi affretto verso la foresta, correndo. Non ho le chiavi dell'auto per lasciare il culo di Dmitri dietro di me.

DODICI
DMITRI

CAZZO! Non è andata come speravo. Sadie se ne va a piedi quando sente che lavoro per la Bratva.

«Grazie mille!» urlo a Savannah. «Guarda che hai fatto» sibilo. Indico la foresta. «Non basta che il tuo fidanzato mi abbia sparato, ora devi rovinare l'unica cosa bella che ho!»

«Anton non ti ha sparato» dice Savannah. La sua voce è calma, il suo atteggiamento più rilassato di quanto dovrebbe, considerate le sue condizioni. Non che farei del male a una donna incinta, ma dovrebbe essere spaventata. Se l'ho trovata io, potrà farlo anche la Bratva.

«E allora chi è stato? Tu?» non dovrebbe sorprendermi dato che è dell'FBI. Be', era un'agente dell'FBI quando incontrò Anton. Era sotto copertura e lo ha consegnato.

«Non ti ricordi?» ripete Savannah. Si sta prendendo il suo tempo e guarda dietro di me, verso la foresta.

Seguo il suo sguardo. Sadie non si vede.

Questa stronza sta cercando di allontanare Sadie da me! Non mi frega più niente di chi mi abbia sparato. Sedie se n'è andata nella foresta e chissà dove diavolo sarà ora. Ci sono orsi nel bosco e lei è da sola.

Giro i tacchi e corro nella stessa direzione di Sadie, inseguendola.

«È stato Nikita a spararti!» mi urla dietro Savannah mentre mi allontano dallo chalet.

Non voglio capire quello che mi ha detto Savannah perché sono stato tradito da uno dei miei migliori amici e più fedeli alleati. In ogni caso, mi fidavo di Anton come mi fidavo di Nikita. Il mio stomaco si rivolta, ma non è per la scoperta di chi ha cercato di uccidermi. Non c'è traccia di Sadie.

«Sadie!» grido, scrutando la foresta, cercando ogni segno di dove sia andata o quale direzione abbia preso.

Ci sono dei rami spezzati, ma in due direzioni diverse. C'è un altro chalet a ovest, visibile oltre un piccolo ponte e un ruscello. Potrebbe essere andata dai vicini a chiedere aiuto? Non voglio coinvolgere nessun altro se lei è andata a bussare alla loro porta. Merda. Non c'è segno di lei, solo il rumore dell'acqua che scorre nella foresta. Il letto del fiume è piuttosto secco. Non può essere stata trascinata via e non può averlo attraversato a piedi per non lasciare impronte.

Mi giro. Lo chalet di Savannah è ancora visibile. Sedie deve essersi addentrata ulteriormente nella foresta. Continuo a camminare, senza sapere se ho preso la direzione giusta. Potrebbe essersi arrampicata su un albero o aver trovato una grotta dove nascondersi.

Prendo il telefono dalla tasca. Sorprendentemente c'è campo. Ho una possibilità. Se spegne il telefono, non riuscirò a trovarla. Cerco il suo nome tra i contatti e la chiamo. In lontananza, sento lo squillo. Il suono riecheggia nel bosco, tra gli alberi. Mi affretto nella direzione di provenienza prima che smetta di squillare, e quando ci riprovo, trovo solo la segreteria. Non lascio un messaggio. E cosa direi? Non voglio ammettere di lavorare per la Bratva al telefono. È una conversazione da avere di persona.

Dei veicoli passano attraverso la foresta. Dev'esserci una strada più avanti. Venti minuti dopo, esco dalla radura. Non c'è traccia di Sadie. Aveva chiesto un passaggio? Era rimasta nel bosco? Forse stava scendendo il fianco della montagna? Non posso continuare a cercarla. Poteva essere ovunque ed è ovvio che non vuole essere trovata.

Scendo attraverso la strada di montagna e riconosco l'ingresso dello chalet di Savannah e Anton. L'auto di Savannah è ancora parcheggiata davanti alla casa. Tiro fuori dalla tasca le mie chiavi e salto nel sedile davanti. Scendo dalla montagna, tenendo d'occhio la strada per un segnale di Sadie. Non la vedo da nessuna parte.

Torno all'hotel non aspettandomi di trovarla in stanza, ma ci spero. Non è in camera. I suoi vestiti sono ancora com'erano. Le sue cose abbandonate come le ha lasciate lei. Mi fermo alla reception e chiedo dove posso comprare l'occorrente per un'escursione e per il campeggio. Avrò bisogno di una torcia se mi troverò nella foresta dopo il tramonto. Se incontrerò un orso mi servirà lo spray anti orso.

C'è un negozio al resort e faccio scorta dell'essenziale e compro un po' di snack e bottiglie d'acqua. Guido risalendo la montagna fino allo chalet e busso ancora alla porta di Savannah.

«Non l'ho vista» dice Savannah. «Hai provato a chiamarla?»

Sospiro pesantemente. Sono già passate alcune ore. Sono preoccupato che si sia persa e che non riesca a uscire.

«Sì, lo ha spento» rispondo.

«O ti ha bloccato. Qual è il suo numero?»

Do il suo numero a Savannah, lei lo compone e aspettiamo. I suoi occhi si illuminano quando risponde.

«Pronto?»

Savannah mette il vivavoce ma alza un dito, intimandomi a rimanere in silenzio. Non vogliamo spaventarla.

«Sadie dove sei?» non riesco trattenermi.

Savannah mi sibila di stare zitto.

«Non lo so» risponde. Delle foglie scricchiolano, e sento un ruggito in sottofondo. La sua voce trema. «Ho appena trovato due cuccioli vicino a una grotta.»

«Vattene da lì» l'avverto. «La madre sarà protettiva verso i piccoli.»

«Io...» il telefono si spegne.

Sadie potrebbe essere ovunque.

TREDICI
SADIE

CORRERE nel mezzo del niente non è stata una delle mie migliori decisioni. Peggio ancora, incontrare due cuccioli di orso mentre cercavo riparo. La loro madre non è molto lontano. Lei ringhia mentre io mi allontano, tenendo la testa bassa. Non so molto sugli orsi, ma i cani non devi sfidarli. Suppongo sia lo stesso quando si tratta di uno sguardo minaccioso.

Abbasso lo sguardo e cammino all'indietro con passi lunghi, facendo del mio meglio per scappare da mamma orso prima che attacchi.

Il mio telefono è caduto su un tronco ed è andato in frantumi. È inutilizzabile. Non so dove sono e non so come uscirò dalla foresta.

Essermi persa è la mia seconda preoccupazione. La prima è l'orso aggressivo che viene verso di me. Con ogni passo che faccio all'indietro, lei ne fa due verso di me. Non ho niente da lanciarle contro. Niente con cui fare rumore per mandarla via. Non sono più vicina ai suoi cuccioli, ma non sembra importarle, solo che mi sono avvicinata ai suoi piccoli. Non voglio essere una minaccia, ma è troppo tardi. Implorare e supplicare non mi salverà. Faccio un altro passo e inciampo su un tronco, cadendo sul mio fondoschiena. Mamma orso prende l'occasione per scagliarsi su di me. Prendo un sasso da terra, tirandoglielo. Non è abbastanza. Urlo, trovo un'altra roccia, e la lancio contro l'orsa. In lontananza, sento il rumore di uno sparo. L'orso è fisso su di me. Arranco a terra, indietreggiando. Non posso alzarmi senza trovarmi faccia a faccia col grizzly. L'orsa è agitata. Arrabbiata. Muove la zampa verso di me mentre striscio all'indietro, e lei salta verso di me. Sono certa di essere morta. È finita. Non vedrò mai più Allie. Mia sorella dovrà crescerla. Dicono che la vita ti passi davanti agli occhi. Le pupille nere dell'orsa e i suoi denti aguzzi mi guardano. L'animale afferra i miei capelli, strattonando mentre urlo terrorizzata. Eccola... la fine. Un altro sparo.

Chiudo gli occhi, il dolore alla testa e il peso dell'orsa che mi schiaccia il petto.

———

Mi sveglio con il rumore di un *bip*... morbide lenzuola di cotone e un materasso duro contro la schiena. Le mie dita accarezzano il tessuto mentre apro piano gli occhi.

«È sveglia» dice la donna bionda, facendo segno a Dmitri di rientrare nella stanza di ospedale. Ha in mano una tazza di caffè fumante. I suoi occhi sono pieni di timore.

Savannah non è l'unica persona accanto a me. Non riconosco l'uomo, ma la mano sulla sua spalla. È Anton?

«È bello vederti sveglia» dice lo sconosciuto. «Avviso il dottore.»

«Grazie, Anton» Dmitri posa la sua tazza di caffè sul tavolo e si avvicina al mio letto, la sua mano stringe la mia. «Ci hai fatto spaventare.»

Annuisco e faccio una smorfia per il dolore. Potrebbe andare peggio. Le mie viscere sembrano spappolate e mi scoppia la testa, ma sono viva.

«Quanto è grave?» chiedo. Non ho visto il mio riflesso. L'attacco dell'orso ha lasciato delle cicatrici?

«Sei stata incosciente per qualche ora, ma il dottore non è preoccupato. Qualche livido e un lieve trauma cranico.»

«Tutto qui?» le mani mi tremano mentre le poso in grembo.

«Sei fortunata che Savannah sapesse dove fossi. Abbiamo preso il quad per venire da te e fermare l'orso.»

«Lo hai ucciso?» chiedo. Non posso non pensare ai cuccioli che non sopravviveranno senza la loro madre.

Savannah mi sfiora il braccio. «Sei fortunata a essere ancora viva. Qualche secondo dopo e non ti avremmo visitata in ospedale.»

Espiro. Sono arrabbiata con lui per avermi mentito e nascosto la sua identità, ma non posso rimanere arrabbiata per sempre. Mi ha salvato la vita.

Il dottore entra in camera e mi visita rapidamente, assicurandosi che stia bene. Vogliono tenermi un altro giorno in osservazione.

Il dottore se ne va, e Savannah fa cenno a Anton di seguirlo. «Vi lasciamo un minuto.»

Non sono sicura di voler restare sola con Dmitri. Sono divisa tra rabbia e amore. È una sensazione strana.

Dmitri si siede vicino a me, avvicinando la sedia al letto. Cerca di prendere la mia mano, ma mi ritraggo appena prova a toccarmi.

«Scusa se no ti ho detto per chi lavoro, ma non volevo coinvolgerti in niente di pericoloso.»

Sbuffo sottovoce. «Assurdo» replico. «Ti ho trovato nella foresta con una ferita da arma da fuoco. Sono coinvolta, Dmitri.»

La sua lingua saetta sul suo labbro superiore. «Lo sei» ammette, e si lascia andare a un lungo sospiro. «Voglio tenere te e Allie al sicuro, dalla mafia fino agli animali selvatici nella foresta, non posso farlo se non mi lasci avvicinare a te.»

Posa lo sguardo sulle mie mani, e gli permetto di toccarmi questa volta. È un gesto semplice, non troppo intimo. Un passo alla volta.

«Non ho in programma di esplorare altre foreste, mai più. Sono una ragazza di città» voglio tornare a casa stasera. Mi manca casa mia e il mio letto. Non avrei mai pensato di sentirmi più al sicuro a New York City che in un piccolo paesino, probabilmente perché a New York non ci sono grizzly. Non credo di riuscire a dormire senza avere incubi.

«Ti amo, *Malishka*. Questo fingere di essere una coppia mi ha fatto capire che sei l'unica donna che voglio nella mia vita.»

«Sono un pacco completo. Io e Allie.»

«Ancora meglio» risponde, con un ampio sorriso. «Questo significa che mi rivuoi?»

Non è così semplice. Mi ha mentito. Perché pensa che salterò di nuovo tra le sue braccia? Certo, il sesso era dinamite, e mi piaceva stare con lui, ma quello era prima di scoprire che lavorasse per la Bratva. Cos'altro mi ha nascosto?

«Io n-non... lo so» balbetto. «Mi hai ferito. Mentendomi hai tradito la mia fiducia.»

Mi aspettavo quasi che cercasse di difendersi. Che mi dicesse che non era una bugia, ma un'omissione. «Hai ragione, Sadie. Mi dispiace, migliorerò. Non avrò più segreti con te.»

QUATTORDICI
DMITRI

IL MONTANA È STATO un cazzo di incubo. Tra Sadie che è stata attaccata da un orso, scoprire che lavoro per la Bratva russa e venire a sapere da Anton che era stato Nikita a spararmi, il mio mondo è finito sottosopra.

Sedie sta molto meglio. Le sue ferite non sono visibili. Sembra aver superato la commozione celebrale, e i lividi sulle costole avranno bisogno di tempo per guarire. Il dottore le ha ordinato di non sollevare pesi e riposare.

Le porto la valigia sul jet privato mentre ci dirigiamo a prendere Allie e tornare alle nostre vite in città. Sono felice di tornare a casa, anche se non so cosa significhi questo per noi. Non mi ha scacciato come credevo, e abbiamo ancora molto di cui parlare durante il volo. Noi. La Bratva. Il suo lavoro per gli italiani. Non può tornare al bar. È troppo pericoloso. Ora che Antonio sa che lei è *mia*, potrebbe usarla per arrivare a noi. Non sarebbe la prima volta che ci causano dei problemi.

Lei siede di fronte a me, e un silenzio riempie l'aria mentre decolliamo. Aspetto che l'aereo prenda quota prima di slacciarmi la cintura.

«Dobbiamo parlare di cosa succederà quando torneremo a casa.»

Lei aggrotta le sopracciglia, e si posa una mano sulla testa come se avesse una fitta.

«Vuoi qualcosa per il dolore?» chiedo. I medici le hanno lasciato delle ricette in caso ne avesse bisogno.

«No» risponde e si lascia andare, cercando di rilassarsi sulle sedie in pelle bianca. «Va avanti» dice, facendo gesto di continuare.

«Ero serio quando dicevo di volerti proteggere.»

Corruga la fronte. Non sembra ricordarselo o forse pensa mi riferisca all'attacco dell'orso nel bosco. Sono stati due giorni intensi.

«Ad Antonio non piacerà il nostro rapporto, amici o altro» le dico. Anche se voglio fare di lei la mia fidanzata e averla tutta per me, rispetto il fatto che ne abbia passate tante e che non voglia impegnarsi.

«Sì, ricordo di aver perso il lavoro. Ancora» mi inchioda con gli occhi e io mi muovo a disagio sotto il suo sguardo.

«Te l'ho detto, Nikita ti assumerà come barista o cameriera.»

«Non puoi saperlo» replica Sadie. «Non ci hai nemmeno parlato.»

Ha ragione. Non gli avevo scritto né l'avevo chiamato quando ero a Breckenridge. Non era sicuro per Anton e Savannah. Nikita ha tradito Mikhail e i suoi fratelli. Anton e io abbiamo avuto un'intensa discussione mentre Sadie era in ospedale. Lui mi ha assicurato che voleva solo essere lasciato in pace e avere una seconda possibilità con Savannah. E Nikita, per quanto fosse in torto per avermi sparato, lo aveva fatto solo per proteggere la sua famiglia.

Mikhail aveva fatto una cazzata e aveva agito senza criterio, ordinando di giustiziare Savannah quando lui stesso era stato a letto con un'agente dell'FBI.

Anche se non ero d'accordo con Anton, ho apprezzato la sua sincerità e la sua prospettiva sulla situazione. E dato che aveva aiutato Sadie, non portavo più rancore per nessuno dei due. Dopotutto, non erano responsabili di quanto mi era successo.

Per Nikita, d'altra parte, ho riservato delle paroline per quando lo rivedrò al complesso o al club.

«Nikita ti assumerà» le assicuro, il mio sguardo fisso su di lei. «Mi ha sparato, e se non vuole che Mikhail sappia che si è impicciato in cose che non gli riguardano, farà quello che gli chiedo.»

«Hai intenzione di ricattarlo?»

«È un modo di metterla» dico. Non era mia intenzione, ma capivo che stava dando una seconda possibilità al suo amico. Io sono stato fortunato ad avere la mia seconda possibilità, grazie a Sadie che mi ha trovato, o probabilmente sarei morto.

Sadie è silenziosa e meditabonda. «E Antonio? Devo preoccuparmi per mia figlia? Dovremmo considerare di lasciare New York per un posto più sicuro? Non voglio vivere in un posto con i grizzly, ma Chicago o Los Angeles potrebbero essere sicure.»

Le prendo le mani, intrecciando le mie dita con le sue. «Non devi lasciare la città. Ti ho detto che ti avrei protetta.»

«Non puoi stare con me ogni secondo, Dmitri. Devo sapere che la mafia non sta dando la caccia a mia figlia.»

«Sposami.»

«Cosa?»

Sorrido e ridacchio davanti alla sua espressione inorridita. «Rilassati.»

«Adesso proponi anche un finto matrimonio?» scuote la testa. «È davvero troppo.»

«Non era quella la mia proposta» voglio davvero sposarla, un giorno. È troppo presto per parlarne ora, ma voglio che sappia che la mia famiglia la proteggerà. E devo mostrare agli italiani che lei appartiene a noi.

«Allora?» aspetto che elabori.

«Tu e Allie venite a vivere con me. Vivo al complesso con gli altri membri della Bratva.»

«Dmitri, no.»

«Ascoltami prima» le stringo piano le mani. «Loro sono la mia famiglia, e ti proteggeranno. Morirebbero per te. E soprattutto, Antonio non si avvicinerà alla casa.»

Lei sospira. «Siete nemici?»

«Esatto. E con te che hai ascoltato l'omicidio e lui che scopre che stiamo insieme, sarai un bersaglio. Posso mantenere una guardia di sicurezza al tuo appartamento, ma non posso promettere che lui non verrà a infastidirti. Sono sicuro che sa dove vivi visto che lavori per lui.»

«Oh, sa certamente dove vivo. Ha conosciuto mia figlia» dice Sadie con una smorfia. «L'ho fatto entrare in casa a usare il bagno come una stupida.»

«Hai fatto cosa?» chiudo le mani in dei pugni mentre mi alzo e inizio a camminare per il velivolo. «Ha conosciuto Allie?»

«A malapena» risponde Sadie. «Non ci avevo pensato.»

«Potrebbe aver messo una cimice nel tuo appartamento. Farò controllare l'edificio da uno dei miei uomini appena torniamo. A meno che tu non voglia venire a vivere con me.»

Lei serra le labbra, considerando la mia offerta. «Sono tutti uomini? Non sembra l'ideale per Allie.»

«Ci sono altre famiglie che vivono nel complesso. Alcuni hanno dei bambini. Allie sarebbe la più grande dei bambini, ma sono sicuro che si ambienterà. Avrà la sua stanza e noi condivideremo la camera.»

«E al tuo capo andrebbe bene?»

«Gli andrebbe bene se fossimo fidanzati ufficialmente» rispondo.

Sadie apre la bocca e sono sicuro stia per protestare.

«Non dobbiamo decidere la data» la rassicuro. «Ma il nostro fidanzamento basterebbe a convincere Mikhail a portare te e Allie a casa con me.»

«Posso pensarci?»

«Certo. Ma voglio che tu sappia...» dico, inginocchiandomi davanti al suo sedile e prendendole le mani tra le mie. Non è una proposta. Non ho un anello e dubito che direbbe di sì. «Lo faccio perché ti amo e voglio passare il resto della mia vita con te e tua figlia.»

QUINDICI
SADIE

SE DMITRI mi avesse chiesto di sposarlo, non sono sicura che avrei accettato. Ma tengo a lui più di quanto dovrei per una relazione finta. E la cosa buffa è che nulla tra noi sembra finto. Non lo è mai sembrato.

Dopo essere andati a prendere Allie dalla Nuova Scozia, le racconto le notizie senza dirle tutto. Non ha bisogno di sapere che l'uomo da cui sono attratta è della Bratva russa. È un segreto che non credo mia figlia di tredici anni saprebbe tenere.

È estasiata al sentire che stiamo di nuovo insieme e che andremo a vivere in una nuova casa. Anche se non ho le risposte a tutte le sue domande, le ho promesso che faremo un passo alla volta.

«Questa casa è enorme!» dice Allie. Spalanca la bocca mentre passiamo attraverso il cancello in ferro battuto e l'ingresso.

«La nostra famiglia vive qui. Tutti, sotto un unico tetto» spiega Dmitri.

«Intendi i duoi genitori e nonni?» chiede Allie.

«I miei fratelli.»

«Fico! Anch'io vorrei dei fratelli o sorelle. Sarebbe fantastico vivere con loro anche da adulti.»

Emetto un sospiro nervoso. Non volevo che Allie facesse altre domande su Dmitri e la sua famiglia. È una ragazzina intelligente e sveglia abbastanza da dedurre che questi uomini non sono biologicamente imparentati.

«Sei sicuro che non ti sarà d'impiccio averci qui a vivere?» domando. Non voglio essere un peso.

«Insisto. E ho già parlato con la tua vicina che si prende cura di Kona. La porterà qui nel pomeriggio» Dmitri si ferma di fronte all'entrata principale e parcheggia l'auto.

Esco dalla portiera. La magione è in due complessi e si mostra ben mantenuta.

Dmitri apre il bagagliaio ed estrae le nostre valigie del viaggio. Avevo già accennato di dover passare dall'appartamento a inscatolare i nostri averi, ma lui ha insistito perché siano i facchini a occuparsene. Non torneremo in quell'appartamento a meno che lui non sia con noi.

Allie ammira l'esterno dell'edificio, in piedi davanti alla facciata, ammirandone l'assetto, le finiture e l'architettura. «Wow.»

«Lo so. Dicono che le finiture siano in oro vero» Dmitri sussurra un po' troppo forte a Allie.

Gli occhi le si illuminano. «Sul serio?»

Dmitri fa spallucce. «Così ho sentito.»

Sorrido, guardando i due interagire. È bravo con lei. La ragazzina non ha mai avuto una figura maschile nella sua vita, e il pensiero che gli uomini attorno a cui crescerà saranno membri della Bratva è terrificante.

Ma se sono anche solo un minimo come Dmitri, non è poi così male. Lui mi piace molto, il che spiega perché è stato così facile per me accettare di trasferirci insieme. Ho ancora i miei dubbi, ma ha promesso di proteggermi, e con la mafia italiana in agguato nell'ombra, questa è l'opzione più sicura.

Allie getta le braccia nelle sue, lasciando che l'accompagni dentro. Lascia le valigie davanti all'entrata principale e ci accompagna per le stanze.

La casa è magnifica. La casa sulla destra è una spirale che porta al secondo piano. Dmitri ci mostra prima il piano di sotto, facendoci conoscere gli altri bambini e le loro madri nella sala dei giochi, per poi portarci nella sala da pranzo, cucina, e bagno. Il giro continua di sopra. Dmitri prende le nostre borse. Non vuole che porti nulla, e ha ragione. Le mie costole devono riassestarsi dopo lo scontro con gli orsi.

Dmitri mostra a Allie la sua camera, accanto alla quale c'è la nostra. Mi solleva il fatto che le due sistemazioni siano vicine. Lei si lancia sul materasso, osservando la stanza spoglia. C'è un armadio di fronte al letto e un comodino, e non molto altro.

«Posso decorarla?» chiede.

«Se vuoi appendere dei poster, non ci sono problemi.»

«E pitturare?» un ampio ghigno le si allarga in viso. «Ho sempre voluto pitturare camera mia, ma non potevo perché eravamo in affitto.»

Dmitri ricambia il sorriso. «Questo sarà il primo ordine dei lavori.»

«Davvero?» gli occhi di Allie si illuminano.

«Domattina andiamo al negozio, e puoi scegliere qualsiasi colore per la tua stanza.»

«Grandioso!»

«Grazie» bisbiglio, prendendo la mano a Dmitri, intrecciando le nostre dita.

Apprezzo tutto ciò che ha fatto per noi, anche il suo capo per avermi assunto al Club Sage come bartender.

———

Dopo cena, Allie sembra essersi ambientata, mentre legge un libro nella sua nuova cameretta con Kona acciambellata nella sua cuccia.

Dmitri le ha promesso di prendere una libreria da riempire con tutti i libri che vuole, a patto che poi li legga. La ragazza è in paradiso.

«Facciamo due passi» propone Dmitri, e mi prende per mano, portandomi di sotto e attraverso la porta nera. C'è un rigoglioso giardino in fiore con delle luci a illuminare il sentiero appese al tetto e alle colonne del pergolato. È meraviglioso. Il sole è tramontato da diverso tempo, ma è difficile vedere le stelle con l'inquinamento luminoso della città.

«Come ti senti?» chiede Dmitri. Mi accompagna a una panchina in legno, e ci sediamo.

«Dolorante, ma a parte questo bene. Sei certo che siamo al sicuro dalla mafia?»

«Ti prometto che Antonio e i suoi uomini non ti sfioreranno. Non hai nulla da temere, *Malishka*.»

«Grazie» emetto un sospiro di sollievo. Antonio è ancora là fuori, ma con la protezione di Dmitri e i suoi fratelli, confido che mia figlia e io saremo al sicuro.

«Ero in pensiero per te all'ospedale» con le dita mi prende una ciocca di capelli, mettendomela dietro l'orecchio.

«Sono felice che tu mi abbia trovato prima che potesse mettersi peggio» provo imbarazzo al ricordo che mi attraversa. Non avrei dovuto correre incautamente nella foresta. Avrei potuto vagare per giorni, morire di fame, o lui sarebbe potuto arrivare due minuti più tardi, e io sarei morta sbranata.

Dmitri mi accarezza la schiena con morbidi, rilassanti gesti, e io appoggio la testa sulla sua spalla.

«L'averti quasi persa mi ha fatto capire che non voglio vivere senza di te.»

Appoggio la mano sulla sua coscia. «Ti ho quasi perso prima di sapere perfino chi fossi» sussurro, pensando al giorno in cui l'ho trovato ferito nella foresta.

«Ti amo» bisbiglia Dmitri.

Piego la testa verso di lui, muovendomi leggermente mentre accarezzo le sue labbra con le mie, piano e dolcemente. I suoi baci sono sempre appassionati, e io non posso farmi prendere dalla foga e dal desiderio mentre sono convalescente.

«Odio... doverci andare piano.»

Dmitri ridacchia, le lacrime gli riempiono gli occhi con la risata.

«Che c'è?» chiedo, confusa dalla sua risata così vigorosa.

«Pensavo stessi per dire che mi odi.»

Aggrotto le sopracciglia. «Perché dovrei dirlo?» È la cosa più remota e non veritiera che mi potrebbe passarmi per la testa.

Non sono contenta che mi abbia mentito sul suo lavoro, e non l'avrei mai fatto avvicinare a mia figlia o a me se lo avessi saputo. Ma lavorerei ancora per la famiglia Moretti, e dopo aver scoperto il suo segreto, mia figlia e io saremmo probabilmente morte.

«Non saprei» Dmitri risponde con una risata.

«Be', non mi è facile dirlo, ma mi stai a cuore anche tu.»

«A cuore?» domanda, sollevando un sopracciglio inquisitorio. «Cos'è, il gradino prima del "ti amo" e dopo il "mi piaci"?»

«Può darsi» rispondo con un sorriso, e mi mordo il labbro inferiore. "Non sono mai stata innamorata, non come intendi tu. Ovviamente amo mia figlia, ma è diverso.»

«È comprensibile.»

«E che mi dici dell'uomo che ti ha dato Allie?» chiede Dmitri.

«A malapena è un uomo. Nell'istante in cui ha scoperto che ero incinta, se n'è andato.»

«Codardo» ringhia Dmitri.

«Negli anni ho imparato a non dipendere da nessuno. Forse è per questo che non ho frequentato nessuno prima di te.»

«Per tredici anni? Vuol dire che ti sei tenuta casta così a lungo?»

Stringo le labbra, l'aria è calda fuori. Sto arrossendo? Per lo meno il buio mi nasconde il colore delle guance. Abbasso lo sguardo, per evitare la sua occhiata focosa.

«Non devi rispondere» dice Dmitri. «Non è affar mio.»

Sono sollevata, e mentre sarei disposta a raccontargli tutto ciò che vuole, sono anche imbarazzata. «Sei l'unico uomo con cui ho avuto una finta relazione con un vero orgasmo.»

Spalanca la bocca, e ride. «Non so cosa... stai dicendo che di solito hai finti orgasmi in vere relazioni?»

Sorrido e annuisco lievemente.

«Così non va bene» borbotta, e si avvicina, le sue labbra premute sulle mie.

Gemo, non di dolore ma desiderio.

Si tira indietro. «Ti ho fatto male?»

«No, no» bisbiglio contro le sue labbra. Mi sento pulsare dentro dal desiderio. Lui ha questa abilità di farmi sentire le gambe molli. «Ma dobbiamo fare piano» mi solleva e mi porta in braccio verso la casa.

«Dmitri, mettimi giù!» strillo ridendo, patendo il dolore delle risate.

Acconsente. «Ti metto solo in piedi, così non ti fai male di nuovo» la sua insistenza è tenera, e voglio baciarlo fino a che il sole non sorge e i nostri corpi sono avvinghiati in uno. Forse andarci piano non è la cosa peggiore al mondo. Possiamo davvero assaporare ogni momento mentre diventiamo insieme una famiglia. E penso di essere sul punto di innamorarmi perdutamente di lui. Forse sono troppo spaventata per dirlo ad alta voce?

EPILOGO

DMITRI

«SEI PRONTA?» chiedo, bussando alla porta del bagno, lasciando a Sadie la sua privacy mentre si prepara per il matrimonio di Luka.

Settimane fa, ho preso Nikita da parte dopo aver visitato Anton a Breckenridge. Nikita mi ha confessato tutto. Si sentiva terribilmente in colpa per avermi sparato e mi aveva creduto morto per settimane. Questo gli aveva causato degli incubi di cui solo Lucy era al corrente. Capivo quello che aveva fatto, cercando di dare a Anton e Savannah il tempo di fuggire. Non voleva tradire la famiglia, così come non aveva voluto farlo Anton con Savannah. E anche se mi aveva ferito, che non si fosse fidato di me e avesse invece scelto loro, tutto ciò mi aveva portato a conoscere Sadie. L'universo aveva un piano folle per la mia felicità, e lo avrei accettato anche se avessi ancora portato rancore per aver ricevuto una pallottola e essere stato dato per morto.

Mikhail era stato tenuto all'oscuro sui movimenti di Anton e Savannah. Nikita a io abbiamo deciso che sarebbe stato più sicuro per tutti i coinvolti. E Mikhail aveva esagerato, decidendo di agire troppo impulsivamente e senza informazioni sufficienti. Non avevo capito appieno la situazione allora. Mi erano stati dati ordini da Mikhail e li avevo seguiti. Nessuno osava dire al Pakhan che aveva fatto un casino. Era il capo, e il peso di ciò che aveva fatto gli sarebbe gravato sulle spalle e su quelle dei suoi uomini, credendo di aver fatto il necessario per proteggere la famiglia. Anche Nikita aveva fatto il necessario.

La porta del bagno finalmente si apre, e Sadie esce indossando un vestito viola scuro. Le arriva al ginocchio con una gonna a ruota. I capelli sono ondulati e legati lateralmente. È bellissima, ed è solo mia.

«Andiamo a vedere se Allie è pronta?» chiede Sadie.

«La bambina è pronta da venti minuti.»

«Non sono una bambina!» ribatte Allie dalla nostra camera da letto. È seduta sul bordo del materasso, aspettando con la pazienza tipica di una tredicenne, considerando che non vede l'ora di scendere di sotto per mangiare la torta. Ha chiesto quattro volte quando gli sposi taglieranno la torta e se lei potrà averne una fetta.

«Hai ragione. Mi dispiace» dico a Allie, scusandomi per averla chiamata bambina. È la figlia di Sadie, ma non è una bambina. «Avrei dovuto dire che la signorina è pronta da venti minuti.»

Allie sorride raggiante e scende dal materasso, provando i suoi nuovi tacchi neri. Sono zeppe e non sono molto alti, ma è comunque instabile. Le offro il braccio, e lei lo accetta volentieri. «Grazie pa... Dmitri» dice.

La guardo, incuriosito dalla svista. Stava per chiamarmi papà? Il mio petto si riempie, ma non voglio metterle pressione. Sadie e Allie vivono con me solo da qualche settimana. Un passo alla volta.

Sadie esce dal bagno e si appoggia al muro mentre indossa i suoi tacchi. «Sono pronta.»

Le faccio segno di uscire dalla stanza per prima mentre aiuto Allie a scendere le scale. Temo possa cadere dato che è la sua prima volta coi tacchi.

Appena sua mamma è abbastanza lontana da noi, Allie si avvicina al mio orecchio. «I matrimoni sono super romantici» bisbiglia. «Farai la proposta stasera?»

Sorrido, grato che la bambina, o meglio la signorina, mi guardi le spalle e voglia che entri a far parte della loro famiglia. «Non voglio distogliere l'attenzione dal giorno speciale di Luka e Hannah» rispondo.

Allie annuisce sicura. «Giusto. Quando lo farai, avrai il mio permesso.»

«Grazie, piccola.»

«È signorina» ribatte lei con un sorrisetto.

————

Grazie per aver letto *Boss Pericoloso*. Spero che vi sia piaciuta la storia di Sadie e Dmitri.

Volete altre storie d'amore bollenti? Leggete la storia di Clare e Levi in *Burbero Millardario*

Burbero Miliardario cerca disperatamente una tata per la figlia di cinque anni. Aspettarsi di lavorare fino a tardi, di non avere una vita sociale, di piangere molto e assolutamente niente alcol, droghe, feste o divertimento.

Questo era l'annuncio pubblicato stamattina. La mia assistente, stufa delle mie bravate, ha deciso di farmi assaggiare la mia stessa medicina.

Sono l'amministratore delegato della Luxenberg Enterprises. Gestisco la più grande catena alberghiera degli Stati Uniti e stiamo progettando di portare la nostra catena attiva a livello globale. Non c'è nulla che possa ostacolare il mio successo, tranne il fatto che ho appena scoperto di essere padre. Non sono pronto per un figlio. Ma questo non sembra avere importanza, perché la madre di Amelia è appena morta. Ho scoperto di essere il padre biologico della bambina e che lei non ha nessun altro. O me o l'affidamento. E non ho intenzione di mandarla a vivere con degli estranei. Non che io sappia nulla di Amelia. Non sapevo nemmeno che esistesse, fino alla settimana scorsa. Sono in difficoltà con la bambina, ma mi rifiuto di assumere una tata che risponda all'annuncio di lavoro di un miliardario. Tutte quelle signore sono in fila per trovare un marito, non un lavoro.

Per mia fortuna, il mio aereo privato ha avuto un guasto meccanico e il pilota ha l'influenza intestinale. Disprezzo i voli commerciali, ma devo tornare a casa da Chicago, quindi prenoto la prima classe. La ragazza alticcia seduta accanto a me mi parla del suo matrimonio senza amore, del suo ex narcisista e di come stia lottando per trovare un lavoro e una nuova casa dopo aver lasciato il marito. Jackpot. Non ha idea di chi io sia o del mio patrimonio netto. Credo di aver appena trovato la mia nuova tata.

E mi sto innamorando di lei.

OMAGGI, LIBRI GRATIS E ALTRE CHICCHE

Spero che vi sia piaciuto Boss Pericoloso e che abbiate amato la storia di Dmitri e Sadie.

Iscriviti alla newsletter di Willow Fox

Se ti è piaciuto Boss Pericoloso, per favore prenditi un minuto per lasciare una recensione. Le recensioni aiutano altri lettori a scoprire i miei libri.

Non sei sicura di cosa scrivere? Va bene. Non deve essere lungo. Puoi condividere come hai scoperto il mio libro; ti è stato consigliato da un amico o da un club del libro? Fai sapere ai lettori chi è il tuo personaggio preferito o cosa vorresti che succedesse. Di solito leggi HEA, libri a lieto fine? (Spero siate soddisfatti ma prometto che darò un lieto fine alla fine della saga!)

Grazie per aver letto! Spero che considererai iscriverti alla mia mailing list per libri gratis, promozioni, concorsi e novità sulle prossime uscite.

L'AUTORE

Willow Fox ama la scrittura da quando ancora andava al liceo (molte cre fa). I suoi romanzi ambientati in provincia, riflettono la vita delle piccole città dell'America rurale.

Che stia scrivendo romanzi romantici o seduta all'aperto accanto al fuoco a leggere un buon libro, Willow adora le pagine colme di parole di scritte.

Sogna il colpo di fulmine e spera di riuscire a farlo scattare nei suoi lettori!

Visita il suo sito web:

https://authorwillowfox.com

ALTRO DA WILLOW FOX

Voto Spietato

Fratelli Bratva

Boss Brutale

Boss Diabolico

Boss Possessivo

Boss Ossessivo

Boss Pericoloso